意林

公元787年，唐封疆大吏马总集诸子精华，编著成《意林》一书6卷，流传至今
意林：始于公元787年，距今1200余年

意林®轻文库

青春最美，梦想出发

中国式好看轻小说优鲜品牌

意林
文库
星梦男神系列002
LIBRA
天秤座男友
观花魅影①
悦小苗 著
北方妇女儿童出版社
·长春·

图书在版编目（CIP）数据

天秤座男友：观花魅影. 1 / 悦小喵著. -- 长春：北方妇女儿童出版社, 2018.7

（意林·轻文库. 星梦男神系列）

ISBN 978-7-5585-2398-4

Ⅰ. ①天… Ⅱ. ①悦… Ⅲ. ①长篇小说—中国—当代 Ⅳ. ①I247.5

中国版本图书馆CIP数据核字(2018)第142738号

天秤座男友·观花魅影①

TIANCHENG ZUO NANYOU·GUAN HUA MEIYING①

出版人	刘　刚
总策划	安　雅　张　星
特约策划	师晓晖
责任编辑	吴　强　王　婷　孟健伊
图书统筹	糯米兔
特约编辑	宁　阳
绘　图	五千夜
书籍装帧	胡静梅
美术编辑	袁　萌
作家经纪	卢晓凤
开　本	880mm × 1230mm　1/32
字　数	300千字
印　张	7
版　次	2018年7月第1版
印　次	2018年7月第1次印刷
印　刷	北京市兆成印刷有限责任公司
出　版	北方妇女儿童出版社
发　行	北方妇女儿童出版社
地　址	长春市人民大街4646号
	邮编：130021
电　话	0431-85678573
定　价	25.90元

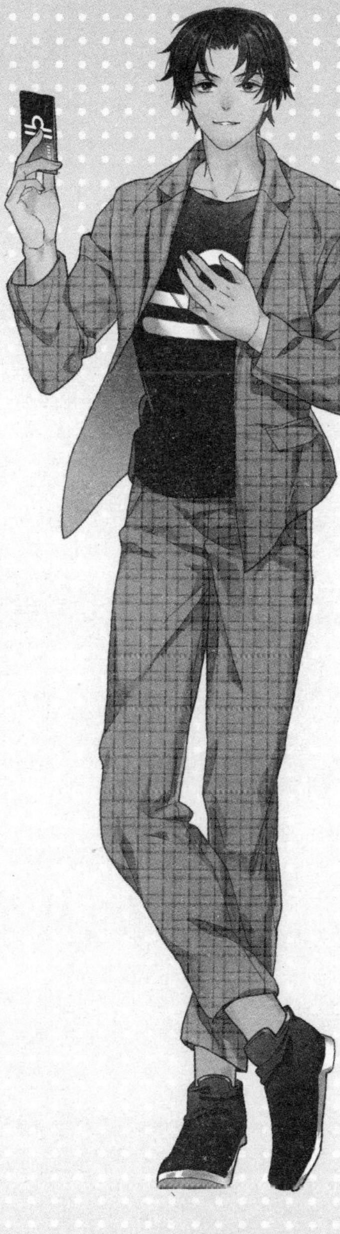

宿原溪

星座：天秤座

年龄：24 岁

身高：183cm

血型：O 型

生日：10 月 13 日

身份：街头魔术师，“观花阁”私人影院老板。

外貌：如墨的黑色短发、黑宝石般的眼眸、丹凤眼，情绪变化剧烈时瞳仁会带上暗金色，英俊优雅，气质慵懒。

喜欢的事物：古董、金币、西方魔法阵、拉丁文版《神曲》、古典音乐、热闹的人群。

讨厌的事物：摇滚乐、飙车族、各种最新科技产物。

喜欢的食物：气泡白葡萄酒、家常菜。

讨厌的食物：辣椒、腌萝卜。

星座个性：无论何时何地都风度翩翩，保持着优雅和礼貌；内心和外表一样华丽，将闪闪发光的感情藏在花言巧语之下，就算是深爱的人也不能轻易看透他的真心，但时刻准备着为爱人牺牲自我。

能力：时空旅行家

目录

CONTENTS

目录

CONTENTS

楔 子

“又……又又又没考上！”

镜川峰，海拔1045米，彗星市第一高峰，山峰被神奇的造物主从中间分开，一面山崖长满了烂漫缤纷的花朵，微风一吹，送来盛夏芬芳的香气；另一面山崖则如镜子一般光滑，寸草不生。山崖下云海翻腾，仿若咆哮怒吼的江面，根本看不到山谷的最深处。传说在上古时代，蚩尤与黄帝大战时，他手持巨斧愤怒劈下，将一座大山一分为二，所以镜川山才会出现这番奇妙胜景，也吸引了无数游客前来观光。站在这座奇峰的最高石台上往下望，壮汉也会觉得胆寒。

然而此刻，这座石台上站着一位娇小玲珑的少女，她有着一张秀气的瓜子脸，身着蓝色T恤和条纹阔腿运动裤，一双灵动的黑眼睛炯炯有神，双拳紧攥充满了怒气。她离悬崖只有几厘米的距离，危险极了，引得游客们纷纷围拢过来，好奇地端详着她。

少女身后五六米远，一位穿着牛仔服的高挑女生焦急地劝阻着，她英气秀丽的脸上布满惊恐。

“小安，你……你冷静一点儿呀！”

“我很冷静，”矮个子少女从牙缝里挤出话来，“不过是高考第三次落榜而已，不算什么。”

高挑女生欲哭无泪：“小安，我知道警校是你的志愿，你真的非常优秀了，你这次笔试是第一名，所以别冲动，我们有话好好说……”

“没有什么好说的，反正每次结果都是这样，我已经麻木了。”

“可是，女生的身高至少要达到160cm，这是警校的最低标准了……”

“我知道！我问了面试官，”矮个子少女回过头，幽怨地看了身后的好友一眼，“嘉嘉，我要是有你这么高就好了。”

高挑女生擦了把冷汗："那……身高是爸妈给的，你能下来再说吗？"

"我不下来了，嘉嘉，替我加油，当个好警察吧。"

矮个子少女摇摇头，她瞥了一眼脚下的悬崖，刻意忽略头晕目眩的感觉，纵身一跃——

"啊——"

围观群众倒吸一口凉气。

"不要啊！"高挑女生发出一声震彻云霄的呐喊。

第一章

神奇的街头魔术师

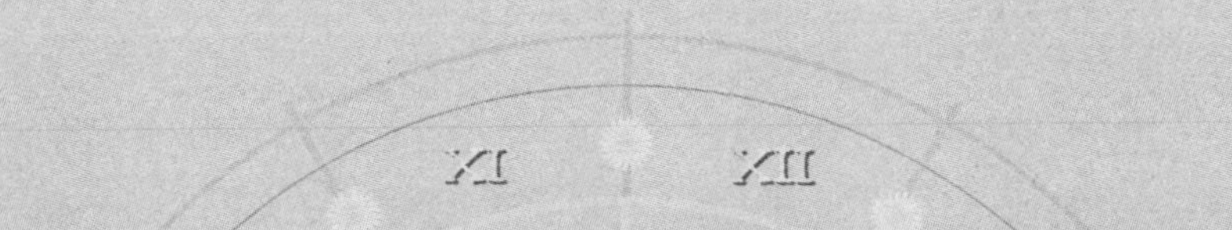

1

“说跳你就跳，一点儿心理准备的时间都不给我留。”走在下山路上，高挑女生愁眉苦脸地说，“害我叫那么大声，你知道多丢脸吗？”

她身旁则是刚刚从山崖上跳下的娇小少女，矮个子少女闻言又好气又好笑：“我不就是蹦个极吗？至于怕成这样吗？嘉嘉同学，你可是警察哎！”

“警……警察怎么就不能怕高啦？”高挑女生翻了个白眼，“我一直都有恐高症，你又不是不知道！”

“你进了重案组，我以为你已经好了。”

“恐高哪有那么容易好？”

“那也不至于看我蹦极就吓成这样吧……”

两个人边斗嘴边往山下走，穿着蓝T恤的娇小少女名叫辛安，她和高挑女生齐佳嘉是从小一起长大的好闺蜜。辛安从小的志愿就是考上警校当警察，可不管怎么运动锻炼，怎么喝牛奶补钙，身高都只停留在155cm。她考了三年警校，每次笔试成绩优秀，唯独败在面试这一关，倒是齐佳嘉身高一路飙到170cm，成功考上了辛安心心念念的警校，今年刚毕业，如今是彗星市的一名新晋小女警。

“小安，你真的不打算考别的学校吗？”齐佳嘉转头看向好友，她比辛安大两岁，好友对于警校的向往，她一直看在眼里，辛安连续三年考试都落榜也让她感到揪心。

其实辛安的高考成绩非常好，上重点大学完全没有问题，然而她的同学现在都读大二了，她却还在考警校的路上坚持着，永远不知疲倦。

“当然不打算！”辛安斩钉截铁地说，她黑白分明的眸子里闪着炙热的光，“我明年还要继续考，我一定要当警察，抓到害死爸爸妈妈的凶手！”

“小安……”

齐佳嘉浅棕色的眸子里露出一丝担忧，辛安的爸爸妈妈都是非常优

秀的警察，却在她十二岁那年，执行危险的任务而先后殉职，凶手像人间蒸发了一般，这么多年仍然了无踪影，也难怪辛安如此执着。

她叹了口气："好吧，你有什么需要帮忙的，找我就好啦。"

"谢谢你嘉嘉！我就知道，不管我做什么决定你都会支持我！"

辛安心中涌起一股感动的暖流，给了齐佳嘉一个大大的熊抱，这个从小到大的好闺蜜一直陪在她的身边，包容她，鼓励她，又像朋友又像姐姐，虽然有时候有点儿迷糊，却可爱极了。

"那好吧，你别太在意了，暑假可是很长的，你先想想怎么玩吧！"

齐佳嘉笑眯眯地还要说些什么，口袋里的手机就"嗡嗡"地振动起来，她从衣服兜里掏出手机，带出一长串五颜六色的串珠和公仔挂饰。

"队长找我有紧急任务，"齐佳嘉看了一眼微信内容，脸一下子垮了下来，"小安，你自己回去没问题的吧？"

"我没事，你先去吧。"辛安理解地点点头，"我不是小孩子啦，我坐大巴车回去就好。"

齐佳嘉走后，辛安一个人坐上了通往市区的大巴车，看着窗外的景色飞驰而过，她的内心不由得产生了一丝迷茫……警校对于身高向来都是硬性规定，除非是做出过重大贡献，否则不得破例。她哪怕是明年再来，被录取的可能仍是渺茫，到那时她又该怎么办呢？

辛安越想越心情沉重，离家还有三四站的距离，外面人流熙熙攘攘，在等红灯的空当，几个穿着漂亮连衣裙的小学生手里牵着粉色气球，嘻嘻哈哈地穿过白色斑马线，她们步履匆匆，好像在追赶什么东西，看得她的嘴角也不自禁微微扬起。

她决定下车逛逛。

微风徐徐，吹拂着辛安的脸庞，沿着小女孩们跑过的方向，她一路来到街心公园旁边的灰色天桥下，炎炎夏日，这里难得有一丝阴凉——

她一眼望过去，天桥下到处都是黑压压的人头，人们的额头上都沁出了汗珠，他们屏住呼吸，伸长脖子往前看着。

“嗯？”辛安疑惑地挑起眉毛，这么热的天气，天桥下居然围了这么多人？大家不都应该聚集在百货店里或者树荫下乘凉吗？

“还有人想要来试试吗？如果没有，那我就只能很遗憾地宣布，这次的奖品只能留下了！”

人群中心传来一道慵懒的声音，清亮而富有感染力，像是夏日里的一碗酸梅汤，沁人心脾，哪怕是说着广告词也不让人讨厌。拉着气球线的小女孩们仗着个头小，像鱼儿一样灵活地挤进了人群最中央，辛安一时好奇，也跟在她们后头钻了进去。

原来这里正在进行街头表演！

人群正中央站着一位帅气的青年，他二十几岁，鼻梁高挺，轮廓分明，白皙英俊的脸上一双丹凤眼勾人魂魄，黝黑的瞳仁宛如两颗宝石。青年身材颀长高大，一件黑色衬衣包裹在他身上，水洗牛仔裤勾勒出那笔直的双腿。他朝人群中的几个女生眨眨右眼，勾出一抹笑容，女生们周身立马像是升起了很多粉红泡泡，全都双眼放光地盯着他看。

“好帅啊！”

“这是街头魔术师吗？是常驻表演吗？”

一个大汉灰溜溜地从青年身边走开，青年摊开洁白修长的手掌，掌心托着一个六面都被打乱的魔方：“很遗憾，刚刚这位大哥挑战失败了，还有没有人想要试一下？”

人群中一片安静，青年无奈地笑笑：“刚刚挑战失败的人有点儿多，大家都被吓到了吗？”

他右手举起一枚金色手镯：“只要能在一分钟内还原这个魔方，就能得到一枚价值 8888 元的手镯噢！”

阳光下，被打造成藤萝花形状的镯子熠熠生辉，它周身绽放的金色花朵缠绕在一起，精致又美丽，一看就价值不菲。

就在青年拿出这个金镯子的瞬间，人群顿时议论声四起，很多年轻人都流露出跃跃欲试的表情，辛安左右环顾了一下，蹙起细细的眉毛。

根据她多年混迹“飞天小警察”论坛，研究各种案件的经验，这个街头表演百分之九十九是诈骗……不过这个街头骗子，长得也太好看了吧？

见金镯子引起关注，青年微微一笑，收起镯子，双手抓住魔方快如疾电地扭转了几下，围观的群众压根都没看清青年的动作，魔方就恢复如初。

人群一阵哗然。

“怎么样？很容易吧？挑战一次只需五块钱！”

青年扬起灿烂的笑脸，一只手举到空中比了个“五”字，人们面面相觑，更多的人蠢蠢欲动起来。辛安本来抱着胳膊想要看好戏，却发现站在她前面的女孩们也开始交头接耳地准备掏钱。

她头脑一热，向前跨了一步出去。

“我来！”

2

青年意外地挑挑眉毛，上下打量了辛安一番。

“很好，现在有一位小姐站了出来！我们就拭目以待，看她究竟能不能挑战成功，得到这枚价值 8888 元的纯金藤萝手镯吧！”

辛安绷着脸从口袋里掏出五块钱，一言不发地递了过去。她也不知道自己在干什么，不过她下意识地觉得，不能再让这个骗子在这儿祸害群众了。

她接过青年递来的已经被打乱顺序的魔方，开始琢磨起来。

青年站在一旁，表面笑眯眯地等待着，心里却满是鄙夷。

眼前的少女长得挺机灵，身段娇小匀称，皮肤白皙如瓷，眼如点漆。她一动不动地凝视着手里的魔方，好像要从中间钻研出一朵花来。

可惜，能在大街上捡小便宜的人，都是贪心的傻瓜。

“小姐，时间已经过去了三十秒咯！”

眼看着辛安一动不动，青年薄薄的唇瓣噙着一抹漫不经心的微笑，特地放柔了声音提醒，没想到少女却怒瞪了他一眼：“嘘！”

青年闭上嘴巴，心中也升起了几分好奇，他倒要看看辛安要怎么还原这被弄得乱七八糟的魔方。

时间一秒秒过去，离一分钟只剩下二十秒，辛安终于开始动了起来，她先是双手灵巧地将魔方白色的方块翻成一个十字，又马不停蹄地在众人惊异的目光中还原了一整面白色，紧接着，绿色、红色、黄色……随着一面面飞快被还原，青年嘴角的笑意消失了。

“好了！”辛安停下动作，举起手里的魔方，黄白红橙蓝绿，魔方六面颜色排列得整整齐齐。

先前大气也不敢出的围观群众，这时都报以激烈的掌声，纷纷喝彩。

“这个小姐好厉害，正好一分钟！”

“还提前了一秒呢！快快快，奖品奖品！”

在大家的催促中，青年的笑容只不过僵了一瞬就恢复了从容优雅，他走到辛安的面前，无奈地递上手中的金镯子：“小姐，你赢了，这个奖品现在是你的了。”

辛安不客气地接过手镯掂了掂重量，心里立刻就明白过来，她把金手镯重新塞回青年手里：“我不要这个奖品。”

“什么？”青年一怔。

辛安那乌溜溜的眼珠转了转，笑眯眯地指着自己手里的魔方：“我说，我不喜欢金子这么俗气的东西，要不，你就把这个魔方给我吧？”

青年一愣，瞥了一眼辛安手里的魔方，他这个魔方和杂货店里十块钱一个的的确很不相同，它金属制造的表面光滑如鉴，制作精巧细致，拿在手里很有分量，就算不玩，摆在家里也是一件非常精美的艺术品。

“怎么？这个可比8888元的金镯子便宜多了，你不会不给我吧？”辛安继续催促着，心中得意无比。

她从十岁起就开始玩二阶魔方，这点儿小伎俩根本难不倒她。她早就看出来青年手上那枚金灿灿的镯子是假货，倒是这个魔方有点儿来头，是欧美限量版的“麦菲特宝盒”，全都由金属精心打造，最中央还能打开，可当作首饰盒放贵重物品，价值好几千块呢。

她光是掂重量就知道魔方中间藏着东西，就不信青年不会露馅！

青年看看辛安狡黠可爱的小脸，又看看天桥下围得水泄不通的人群，忽然微微一笑，俊美的脸上笑容如春花绽开。

“当然可以。”他向前一步，“给你……”

他忽然朝辛安伸出手，抢过她手中的魔方，抢夺时，他的手无意蹭了辛安的口袋一下，随后一个180度大转身，一头扎进人群中，跑了！

“别跑！”辛安拔腿就追。

这个人长得比明星帅，居然不务正业，在大庭广众之下行骗，被识穿后还敢跑！

青年身形矫健，很快就穿过马路跑到了公园对面，然而辛安每天早上都会晨跑锻炼，为了考警校更是将自己锻炼得十项全能，脚力根本不输给他，两个人一前一后追赶了几公里，辛安都没跟丢。

“这是什么女生啊？真倒霉！”青年往后瞥一眼，一个头两个大，辛安还在那儿大喊：“你个骗子，别想跑！”

两个人一路追赶着跑进了一个死胡同，胡同两边的白色墙壁并不高，青年脚步不停，直接一脚踹上左面的墙壁，敏捷地借了一把力，飞跃过围墙。

辛安也身手矫捷地以相同的姿势翻越过了墙壁，落地的一瞬间，她看到追逐的对象正站在自己面前，垂着脑袋一脸丧气相，双手手腕上戴着手铐，身后站着两个巡街的警察大哥。看到辛安也翻墙过来，两位警察齐齐地一愣。

四个人面面相觑了一秒，其中一位年长的警察朝辛安走过来：“你是什么人？为什么跟宿原溪一起翻墙？”

警察大哥一口就喊出了青年的名字，难不成他还是个惯犯？

辛安鄙夷地看了宿原溪一眼，张口解释道：“我叫辛安，我……”话说一半，她突然哽住了，不知道该怎么解释自己追上来的动机。

这时，宿原溪抬起狭长优美的丹凤眼看了辛安一眼。不知道为什么，辛安的心里猛地“咯噔”一下，原本看到警察的亲近与喜悦被冲淡了几分，取而代之的是一丝莫名的危机感。

果然，宿原溪慢悠悠地开口了：“这还用说吗？她是我同伴啊。”

“喂！”辛安吓得连忙摆手，“你可不要胡说，我是看不惯你在天桥下面行骗才追过来的！”

宿原溪白皙如玉的面容上露出一丝委屈：“我知道最近没赚到什么钱惹你生气了，可是你也不要这么现实吧？看到我有麻烦就想与我撇清，假装不认识我吗？”

“你……”辛安气得一口气差点儿没提上来。

两个警察目光狐疑，看了看宿原溪，又看了看辛安。辛安脑子飞速地转动着，还没等她想好怎么解释，宿原溪就叹了口气，用一种泫然欲泣的目光瞥了她一眼，把她看得汗毛倒竖。

“如果你们不信的话，就去搜她的口袋吧，我的货还在她身上呢。”

“别含血喷人啊！”为了证明自己的清白，辛安伸手插进口袋，想要把口袋翻出来，她的手指蓦地碰到一个冷冷的硬块……她的脸瞬间僵住了！

等等，她的口袋里什么时候多了一个不明物体？难道是宿原溪放进去的？什么时候的事情？

电光石火间，辛安猛地想到宿原溪逃跑之前，手曾无意间擦过她的口袋……该死！他竟然在那个时候就对她下套了！

在两位警察大哥的灼灼目光下，辛安不得已把口袋里的东西拿了出来，也就是宿原溪所说的“货”，一部设计得像砖头一样的银灰色手机。

两位警察对视一眼：“小姐，你也得跟我们走一趟了。”

下一秒，一副冰冷的手铐铐上了辛安的手腕，辛安用杀人的目光恨恨瞪向宿原溪，宿原溪却心情愉悦地弯了弯好看的嘴唇，朝她抛了一记媚眼。

这个浑蛋，居然还敢挑衅她！

3

“姓名，电话，地址，有没有前科，从事街头行骗多久了？这种可拆分成针孔摄影机，带红外线遥控可自爆的手机是从哪儿来的？你知不知道流传出去，会造成多么大的杀伤力？”

负责问讯的年轻警察一板一眼地盘问，问得辛安一愣一愣的。

什么？这难看的手机还能拆分成针孔摄影机？还能自爆？

“问你话呢，听到没有？”年轻警察敲了敲桌子，他看起来比辛安大不了几岁，鼻梁上还有几颗青涩的雀斑，在看向辛安和宿原溪的时候，眼睛里透出一抹十分明显的轻蔑。

“姑娘，别发呆了，你就老实交代吧。”

一个两鬓花白的年长警察经过桌边，看着辛安叹了口气，一脸惋惜，一副在看失足少女的神情，他好心地给她倒了一杯水。

“放心吧小姑娘，你身上没有多少赃款，这种情况最多是违反治安条款拘留十五天，所以请你积极配合，老实交代。”

“我……我……”辛安焦急地眨眨眼睛，“我交代什么呀！我是被他陷害的，那个什么宿原溪，我揭穿了他用假金手镯骗人的事情，他这是在报复我！”

辛安激动地替自己辩驳，宿原溪看着她无措的样子，“扑哧”一声笑了出来。

“你这浑蛋！”辛安猛地扭过头，想掐死宿原溪的心都有了，这家伙不但是个街头骗子，竟然还在卖一些这种不知道是什么的玩意儿！

宿原溪咳嗽一声，满脸“幽怨”地看向辛安：“我知道你恨我连累你，可是昨天晚上你还陪我撸串吃火锅，过河拆桥也不能这么快吧？”

年轻警察鄙视地看着他：“宿原溪，过河拆桥谁能比得过你啊？找了新女朋友就不能洗心革面好好过日子？非要把人家拉到泥坑里来？”

宿原溪英俊的面容沉了下来，不再开玩笑。辛安一顿，还没顾得上说自己不是他女朋友，一老一少两位警察就开始轮番轰炸起来，几番核

对之下，两个人终于察觉出了不对。

“你真不是他女朋友？”

“我真不是，”辛安欲哭无泪，“我只是见义勇为了一把，我……我有证据的！”

面临牢狱之灾，辛安也顾不得丢脸了：“我连续三年考警校都落榜，今年放榜时电视台还采访了我，你们网上搜索一下就能搜到这个报道……”

说到后面，辛安自觉脸上无光，声音越来越小，宿原溪听到她的小声哼哼，又忍不住弯了弯薄薄的嘴唇。

“笑什么笑？”辛安气呼呼地瞪了他一眼。

“好像是的……”年轻警察查到了辛安的信息，年长警察推了推老花镜，眉毛蹙成“川”字形，仔细研究着新闻内容。

公安局里，每一个人都那么忙碌，每一张办公桌前都堆满了卷宗文件，雪白的墙壁上贴着“坦白从宽，抗拒从严”的八个鲜红大字，辛安像个小学生一样，在桌前坐得笔直等待审查，两只手都攥得紧紧的，委屈极了。

这不是她第一次来到彗星市公安局城区分局，小时候爸爸妈妈还在世时，她来过好几次，可她万万没想到，长大后再度回到这个地方，居然是以这样不光彩的方式……

“小安？”

胡思乱想间，齐佳嘉那熟悉的清脆嗓音忽然从辛安身后响起，不知道为什么，辛安扭过头一看见是齐佳嘉，胸中的委屈就再也忍不住了，立马红了眼圈。

“嘉嘉！”

齐佳嘉虽然只是刑侦大队里的一名新晋小女警，但有个警察朋友还是方便了很多，只见她将两位警察拉到一旁小声解释了辛安的身世后，两位警察看向她的眼神就从警惕变成了怜悯。

“原来她就是……唉，可惜了啊。”

辛安趴在桌上，幼稚地堵住耳朵不想去听那些同情的声音，不经意间，她对上旁边宿原溪的目光，他也听到了齐佳嘉的话，白皙英俊的脸上没了戏谑的笑容，盯着她不知道在想什么。

“哼。”辛安闷闷地把脸转到另一边。

被证实是一场误会后，齐佳嘉终于把辛安带了出来，推开公安局玻璃门的那一瞬间，南风如同一双温柔的手拂过脸庞，看着外面湛蓝的天空，辛安深吸一口清新的空气，第一次觉得自由这么可贵。

“你怎么跟那个宿原溪凑到了一起？”

两个人来到门口的休息区，齐佳嘉从自动贩卖机里买了一罐咖啡：“吓到了吧？以后别脑子一热就往前冲，万一你惹的是有很多前科的罪犯，凶狠起来对你动手怎么办？”

“我知道啦！以后不会了……”看着好友恨铁不成钢的样子，辛安吐吐舌头，接过咖啡好奇地问，“那个宿原溪……你们都认识他，他是常进班房的惯犯吗？”

齐佳嘉摇摇头：“那倒不是，虽说他有时候卖些不合规格的三无手机，做做空手套白狼的街头魔术，却还真没犯过大案。只是他这个人，我们公安局的人都看不惯而已。”

说完，她做贼似的左右看了看，没有发现熟人，就一把揽住辛安的肩膀，大大咧咧地嬉笑起来：“对了小安！我有个好消息要告诉你，今年暑假我们局里要举办社会实践活动，对外招收实习生，我替你争取到了一个实践名额！”

4

“真的吗？”辛安蓦地从长椅上站起，简直不敢相信自己听到的。

“当然是真的，我什么时候骗过你？”齐佳嘉假装生气地瞪了辛安一眼，绷住没一秒又笑了起来，“就知道你肯定会开心的。这个活动本来是只面向大学生开放的，不过我听说在职警察的家属也可以报名，就跟队长软磨硬泡了好久，终于把你推荐了上去。”

“太棒了！”辛安一个虎扑，抱住齐佳嘉，“嘉嘉，你真是我的福星！”

此时已是下午时分，齐佳嘉又拉着辛安说了好半天公安局里的规定，最后不放心地叮嘱道：“你以后可要离那个宿原溪远一点儿。”

她拍拍胸口，一脸心有余悸：“之前王警官跟我说你和他是男女朋友时，要不是我知道你 20 年都是单身，恐怕现在已经被吓死了。”

“宿原溪怎么了？”说到这个误会，辛安也觉得很无厘头。

“你还记得去年的‘六·一二’交通事故吗？”齐佳嘉无奈地摇摇头。

“啊！那个……”

“六·一二”交通事故，对于关注各种时事新闻的辛安来说当然不陌生。去年的六月十二日，在彗星市城际铁轨星宿站的一段上坡空地上，一个女大学生被人追赶着跑到了铁轨上，这时正巧一辆电轨车经过，来不及刹车，女生当场魂断轨下。

当时辛安正复读高三，这个事故一出，老师们还特地召开班会宣讲交通安全条例，提醒大家要注意安全，不要粗心大意地跑到铁轨上玩耍拍照。

“没错，‘六·一二’交通事故当时在社会上掀起了轩然大波，基本上彗星市的每个市民都知道，”齐佳嘉收敛起脸上的笑容，严肃地看向辛安，“可你大概不清楚，追赶那个女生跑上绝路的，正是宿原溪！”

“什么？”

被齐佳嘉这么一说，辛安全身的鸡皮疙瘩都起来了，长得那么好看的宿原溪居然会是“六·一二”事故的嫌疑人！

“具体我也不知道,那时候我也在上大学,所以你最好离他远点儿。”齐佳嘉强调道，不过她向来知道自己这个好闺蜜不是颜控，绝对不会被宿原溪的外貌迷惑，她这么叮嘱一番，也是为了以防万一。

“我知道了。”辛安点点头，心想果然这家伙不简单。

“可惜那个叫严佩云的女生了，明明是花样年华，却命运多舛，红颜薄命……不仅父母葬身矿难，家境贫寒，还要独自抚养八岁的弟弟，然而她弟弟如今也没了依靠，孤苦伶仃……”

辛安同情地叹了一口气：“那你们不帮忙管管她弟弟吗？”

“当然会管了，只是听说我们队长派人去找她弟弟时，她弟弟已经因为欠租被房东赶了出去，从此就不知所终。我们队长到现在都十分自责没有第一时间找到小朋友。”

“怎么这样……”辛安的心都揪了起来。

“后来队长他们盘问宿原溪，但他声称自己什么都不知道，只是单纯地想阻止严佩云自杀而已，”说到这里，齐佳嘉的脸色阴沉了下来，“可是当时经过队里调查发现，严佩云去世之前和宿原溪来往很密切，很可能是男女朋友关系。但他从不承认自己和严佩云有什么关系，这一点非常可疑！”

“再后来呢？”辛安追问。

“再后来除了这些，队里也没有什么实质性的证据，只能在拘留宿原溪 48 个小时之后把他放了……”

和齐佳嘉聊完以后，辛安独自回到家，想到好友的话，她鬼使神差般打开了搜索引擎，搜索起“六·一二”交通事故视频来。

事故视频中，宿原溪高大的身影非常醒目，他俊美的脸庞紧紧绷着，正追赶着看起来非常恐慌的严佩云。严佩云非常瘦弱，看起来比辛安还要矮小，像是长期营养不良似的。慌不择路间，严佩云往铁轨上爬去，

宿原溪背对着监控镜头，拼命大喊着什么，可严佩云并没有理睬他，而是继续往前跑着，全然不顾不远处呼啸而来的电车。

等严佩云爬到铁轨上时，她仿佛才听到宿原溪在喊她。她回过头，神情闪过一瞬间的迷茫，还没来得及做出下一步的反应，就被飞驰而来的电车撞倒了。

“啊！”辛安倒吸一口冷气。

视频里的宿原溪也像受到了非常大的惊吓，整个人僵在原地，视频到这里就戛然而止了。

“嗯？奇怪……”

先前严佩云惊惶奔跑的画面在辛安脑海里掠过，她蹙紧眉头，总觉得好像有哪里不太对劲。辛安把画面重新倒回观看，看到严佩云爬上铁轨，惊恐地回过头——

“就是这儿！”她猛地按下暂停键。

画面中，严佩云面容素净，因为远距离拍摄和摄影机的像素原因，画面并不是很清晰。

“等等……”

辛安一只手支起下巴，新闻里说严佩云是大二在读学生，可为什么视频中的她看起来却有一股沧桑的味道，倒像是三十多岁的女人呢？

第二章

乌龙卧底小女警

1

辛安立马打电话给齐佳嘉，通报了自己这个惊奇的发现，没想到被她嘲笑了一番。

“傻不傻呀小安，这个视频是专家鉴定过的，而且有没有做过假你还看不出来吗？严佩云可能本来就长得比较老相，当时公安局采用了最新科技的人相数据比对，确认过是她本人的。”

挂断电话后，辛安也觉得是自己想太多了。齐佳嘉还在上大学的时候，她曾去齐佳嘉的宿舍玩，也出现过把齐佳嘉的室友认成了家长的乌龙，当时那气氛……啧啧，真是不堪回首。

只能说她天生就有点儿脸盲吧。

这么一通忙碌下来，已是傍晚时分，云霞满天，一朵朵仿佛色泽艳丽的棉花糖，软绵绵的，让人想咬一口，辛安摸摸瘪瘪的肚子，去厨房给自己煮了碗面。

辛安还没来得及吃，放在桌上的手机就响了起来，钢琴曲流泻而出，低调沉郁，百转回肠，却又透出无限的向往与希望。

“阿旭？”辛安接起电话，脸上挂上了灿烂的笑容，“你怎么有空给我打电话？”

电话那头响起一个沉稳的男声，富有磁性的声音也十分愉悦。打来电话的是辛安的发小谭旭，辛安二十年人生中最重要的朋友除了齐佳嘉，就是他了。谭旭比齐佳嘉还要大一岁，他早早地进了特警部队，长期驻守在外地，三个好朋友一年到头都难得见上一面。

“阿旭，是嘉嘉告诉了你，我要去公安局实习了吗？”

辛安和谭旭絮絮叨叨地聊起天来，开心地分享了自己要去公安局长见识的激动心情，谭旭也不时温和地附和几句。他从小性格就敦厚善良，虽然比两个女生都年长，却始终像个小尾巴一样跟在她们身后。

聊了半个多小时，辛安才后知后觉地问：“对了，阿旭，你是有什么事吗？”

谭旭在电话那头顿了顿，欲言又止，最后只说：“没什么，就是突然想你们了。”

接着，他告诉辛安自己要去国外执行任务，估计很久都不能和她联系，让她好好照顾自己。这样的情况虽然辛安还是第一次遇到，内心十分好奇，但还是一口答应下来，没有多嘴地问任务内容。

毕竟谭旭的身份特殊，说多了不合适。

与谭旭聊完之后，辛安已然把白天的不愉快抛诸脑后，这时齐佳嘉发来微信，提醒她明天早上八点半准时到彗星市公安局城区分局报到，于是她早早就洗漱收拾，然后睡下了。

第二天早上，辛安换上自己最精神的一套行头——迷彩T恤、紧身牛仔裤和黑色马丁靴，提早到达了彗星市公安局城区分局。在齐佳嘉的微信指引下，她顺利找到负责指导自己的晴姐。齐佳嘉说晴姐表面上看起来不怎么显眼，其实是一位经验丰富的老警察。晴姐四十多岁的年纪，胖胖的，要不是穿着制服，在人堆里就是一位普通大婶。

“来啦？”晴姐冲她和善地一笑。

辛安的胸中一阵激荡，手脚都不知道该往哪儿放了：“是，是的！长官！”

晴姐惊讶地瞟了她一眼，笑得更可亲了：“我可不是长官，小安对吧？我带你去办实习手续。”

晴姐笑眯眯地领着辛安一路穿过走廊，辛安紧张又激动，抬头看着一扇扇路过的房间门上的铭牌：档案室、政务科、监察科……当年爸爸在世时，曾经带年幼的她来过这里，不过那时候因为年纪太小，如今记忆已然模糊。现在再一一走过，辛安只觉得倍感亲切，就连走廊边用来装饰的绿植也看起来比外面可爱了几分。

“到了，这就是你要实习的岗位。”

没过多久，晴姐就在一扇气派的房间门前停住了脚步，辛安赶紧收回好奇的目光，打起精神抬头一看——

“重案九组？”

她差点儿失声叫出来，这不是彗星市最负盛名的刑侦大队吗？自己何德何能，居然能在这里实习？

“咯，”晴姐咳嗽一声，“你误会了，你实习的地方在这边。”

顺着她指引的方向，辛安在重案九组对面看到了一扇简陋的小门，门上挂着一块十分不起眼的棕色木牌，上面写着：失物招领处。

辛安目瞪口呆。

“我再交代一下你的工作，”晴姐从口袋里拿出一大串钥匙，一边翻找，一边叮嘱，“现在大街上有很多人丢失钱包和杂物，有时候这些东西被热心市民捡到，就会送到公安局来等人认领，以后你的工作任务就是坐在这里登记别人送过来的东西。记得每一样都要编号，不能搞混。这里八点半上班，下午六点下班，节假日和双休日你都不用来，记住了吗？”

晴姐一口气说完，辛安还没从震惊中回过神来，只是茫然地点点头。

齐佳嘉千辛万苦替她求来的实习机会居然是蹲守失物招领处？

随着一阵钥匙相撞的“叮叮咚咚”的声响，晴姐终于找到了“失物招领处”的门钥匙。晴姐将小门打开后，辛安更加震惊得说不出话来。

“这……这是办公室？”

晴姐奇怪地看了她一眼：“这里当然是办公室啦，不然是什么？”

辛安憋了好一会儿，才没脱口说出“废品站”三个字。

眼前的房间环境实在是太糟糕，除了有一张桌子和一张椅子还算正常以外，其余的地方全都堆满了乱七八糟的杂物，连落脚的地方都没有……缺了琴弦的二胡，各色各样的行李箱等，堆得跟小山一样高。甚至还有装满了水的鱼缸，里面好几条金鱼在摇头摆尾地游着！

看到那些鱼，晴姐嘱咐道：“哦，对了，这些鱼是上礼拜几个小孩子在街心公园捡到的，记得每天换水。”

“好了，开始工作吧，”晴姐拍了拍她的肩膀，“桌子右边的就是这周送过来的无人认领的钱包和行李，你清点一下，登记在册，如果超过三个月还没人来领，就会作为无主之物处理掉。”

辛安机械地点点头，坐到桌边开始登记起来。

偌大一个公安局，既然设立了失物招领处，那就肯定有它的用处。既来之则安之，说不定之后刑侦队队长看到她的能力，把她调到重案九组呢？

事到如今，她也只能这么想了。

2

一天过去了。

两天过去了……

紧接着，第三天，第四天……辛安足足在失物招领处坐了两个礼拜，每天不是给那些无主的行李和杂物编号，就是待在桌前无所事事地玩手机，都闲得快要发疯了。

晴姐指挥着几个搬运工把好几个旧皮箱搬进办公室："这是这周从各大汽车站和高铁站送过来的，乘客遗落在车上的行李，小安你登记一下吧。"

"明白。"辛安抓着手里的笔点点头。

晴姐又"扑通"扔下一个深褐色钱包："差点儿忘了，这是一个出租车司机在车上捡到的，你也顺便登记一下。"

"辛苦啦。"说完，她笑眯眯地拍拍辛安的肩膀，离开了这里。

"唉……"

辛安拿起桌上的钱包打开，看到里面装着一百多块零钱，所有的钞票都又皱又旧，和这个破烂的钱包一样寒酸。钱包中间的夹缝露出照片一角，辛安拉出来一看，是一张全家福——两个大人拥着三个黑黑瘦瘦的小孩子站在田埂上。那个大叔穿着不合身的肥大西装。他的脸上挂着一抹拘谨的笑容，皮肤也一样黑，虽然看起来家境贫困，每个人却都精神气儿十足，看起来充满了干劲。

一百多块，对于普通人来说可能不值一提，但看着照片上这个大叔，辛安莫名地替他心疼，对于要养这么多小孩子的农民家庭来说，丢失掉装着一百多块的钱包应该很着急吧？

辛安看着这张照片出了神，仔细想想，除了出生后的百天照，她从没和爸爸妈妈留下一张正经的合照……

"小安！"忽然，有人从背后拍了一下她的肩膀，"想什么呢这么出神？我来了都不知道。"

她赶紧回过头，齐佳嘉那张笑容灿烂的鹅蛋脸映入眼帘。

“嘉嘉？”辛安掏出手机一看，“你怎么来了？现在是上班时间啊。”

这些天，齐佳嘉忙得要命，她虽然明明就在对面的重案九组工作，却常常连和自己一起吃顿午饭的时间都没有，然而今天上午居然十点就晃荡过来了？

齐佳嘉脸上的笑一下子垮了下来。

“嗨，别提了。”她一屁股坐在桌上，大吐苦水，“我跟你说，最近我们组接到了一个重大任务，这几天我都快被这个任务折磨死了，我们队长每天凌晨两三点还在找我讨论任务方案，害我每天睡眠不足。”

“真好啊……”辛安羡慕地说。

齐佳嘉的白眼都快翻到天灵盖上：“就这样还叫好？小安你真是和我们队长一样，没救了。”

“你要在失物招领处坐两个礼拜的冷板凳，就会懂我为什么羡慕了。”

“呃……这倒也是。”

“你不是有任务要忙吗？那为什么这个时候还跑到我这儿来呢？你不怕队长啦？”

辛安把钱包做好登记后收进抽屉里，冲齐佳嘉挤了挤眼睛。身为好闺蜜，她深知齐佳嘉最害怕的人就是重案九组的队长左泽，每次提到他，齐佳嘉都会变脸色，就像耗子见了猫。

左泽剑眉星目，长得十分帅气，虽然年龄不大，却破了好几个大案，如今是彗星市公安局城区分局的明日之星。这么多天以来，辛安也和左泽打过几次照面，觉得他并不像齐佳嘉说的那么凶神恶煞。

“呸呸呸，别提他，”果然，齐佳嘉脸又绿了，“我刚才被赶出来，就是因为他讲案子时我在刷火音小视频，被他抓了个现行。”

“你……”

“别再说我了，你又不是不知道，我压根就不喜欢当警察，要不是我爸非逼着我考警校，我早就去考电影学院了……”

齐佳嘉心情十分不美好，辛安看着神情沮丧的好友，不知道该说些什么好。

的确，和拼了命想当警察却当不上的辛安相比，齐佳嘉虽然很容易就上了警校，但成为一名女警并不是她的梦想。她一直以来都想成为一名歌手，因此中学时还偷偷学了吉他和编曲。虽然五音不全的辛安听不出来好不好，但至少，齐佳嘉是认真为了梦想努力过的……

“嘉嘉，别难过了……”辛安搭上她的肩膀。

齐佳嘉深吸一口气，抹了把脸：“没事！我们别说那些扫兴的话题了，来看我最近喜欢的综艺节目‘明星练习生’吧！这一段‘扇子舞’现在可是火音上最热的视频呢！”

说着她一扫之前的颓丧，打开手机播放起视频来。屏幕中，出现了几个手持粉色扇子跳舞的女生。

“哎，这几个女生真的好漂亮啊！她们都是星萌Ⅱ学院毕业的第一期学生，现在都成为人气不低的明星了！”

“星萌？”

辛安好奇地凑上前看，视频里的女生身段窈窕优美，长得也很漂亮，她们穿着白色连衣裙，在五光十色的舞台上唱着一支旋律轻快的歌，其中一个留着黑色长发的女生特别显眼，她站在舞台最中间的位置。

“对啊，”齐佳嘉眉飞色舞地介绍，“星萌Ⅱ的大本营就在我们彗星市！你看这个站在中间跳舞的女生，她叫蓝瑛，听说马上就要签约著名的造星工厂‘星梦娱乐’。”

见辛安一脸茫然，齐佳嘉兴奋地科普道：“就知道你没听说过，这个星萌Ⅱ学院，就是星梦娱乐专门开设的艺人培训学校，培训年轻的女生学习表演、编曲、舞蹈和唱歌，如果能从这个学院毕业，就会得到演戏和唱歌的机会，也会有很多粉丝！”

“原来是这样……”

辛安恍然大悟，她还没来得及多问几句，一道阴恻恻的男声忽然从两个人的身后响起。

“齐佳嘉，我让你出来准备任务资料，你就是这样‘准备’的？”

辛安不明所以地扭过头，左泽正站在她们身后，一张俊朗的脸上阴晴不定，冷冷地盯着齐佳嘉。

瞬间，齐佳嘉的小脸就皱成了一团：“队……队长……”

“队什么长？齐佳嘉我告诉你，下周一早上九点，到我办公室来背诵任务资料中和你有关的部分，要是有一个字错了，你就给我去扫一个礼拜的厕所。”

左泽铁面无私地发布了任务后便残忍离去，看着他高大的背影，齐佳嘉的脸色青了又白，白了又红。

她哭丧着脸扑进了辛安怀里：“小安，救我！”

3

从高中开始，学霸辛安就一直是学渣齐佳嘉的强大后盾。辛安押题、解题、关联背诵……都十分强悍，只要被她辅导补习过，很多原本齐佳嘉及格不了的科目都能低空飞过，而勉强通过的科目能更上一层楼，因此从小到大，每次齐佳嘉学习一有问题就来找她。

这一次任务紧急，辛安只能跟齐佳嘉去她家里住，两个人准备彻夜奋战。

齐佳嘉的妈妈去世得很早，爸爸是高级警官，经常因为忙工作回不了家，所以辛安晚上来陪齐佳嘉，简直是家常便饭。齐佳嘉的房间非常少女风，一打开门就能看到一整面挂着漂亮照片的墙壁，装饰的小灯泡一闪一闪，像星星般照亮了照片中两个少女的笑脸，大床上堆满了毛绒玩具，十分梦幻。

“任务资料呢？我帮你画重点。”辛安伸出手。

“哎，在这呢！”齐佳嘉赶紧从背包里拿出厚厚的文件递了过去。

辛安打开文件翻阅起来，文件的第一页是一个相貌阴沉的光头中年男子，资料上显示他是一个国际通缉犯，很可能在下周三来到彗星市，去市内一家高级餐厅“绿园”吃饭，可问题就出在这儿——绿园餐厅是彗星市唯一的米其林三星餐厅，里面的服务生都是年轻女孩，于是卧底监视的艰巨任务，就落在了重案九组的新晋小菜鸟齐佳嘉的肩上。

“所以你的任务就是当服务员？”辛安惊讶地说，“可绿园是个英式高级餐厅呀！”

齐佳嘉猛点头：“是啊是啊，之前队长也是训练我这个。可光是记那些刀叉碗碟的用途，我就已经脑子不够用了，更别提其他的上菜礼仪之类的了。我真是学不来啊！”

以齐佳嘉大大咧咧的粗心性格，明眼人一看就知道是个新手，更别提老奸巨猾的通缉犯了，这么重要的任务，到时候打草惊蛇可就完了！

“这……”辛安也犯了难，“礼仪什么的，我也不会啊！”

“别别别，你可别谦虚了！”齐佳嘉变魔术似的拿出一个U盘，“队长给了我很多视频，说是该学的都在里面了，小安你那么聪明，肯定能学会的！”

齐佳嘉这话一点儿都不夸张，辛安身为一个笔试连续三年来均为第一名的学霸，她的记忆力超强，那些要求背诵的课文她只需要看几遍就能牢牢记住，复杂的数学公式只要随便预习一下就能用得十分得心应手。要不是辛安铁了心要考警校，老早就被重点大学抢走了！

看着好闺蜜双手合十，目光闪闪的可怜模样，辛安头痛地叹了口气：“好吧，我试试。”

“小安，我就知道你最好了！”

齐佳嘉大喜过望，扑过去就要抱住辛安，被辛安用一根手指抵住了额头：“好什么好！告诉你，现在开始跟着我学，我做什么你就记什么，知道了吗？”

“知道了，长官！”

接下来的日子，辛安都住在齐佳嘉的家里，经过几个晚上的突击“魔鬼训练”，齐佳嘉成绩不菲，居然也依葫芦画瓢，动作姿态变得有模有样了起来。

“好累啊……我们休息吧！”这天又再次复习了一遍仪态动作之后，齐佳嘉狗腿兮兮地拎起辛安的背包，“我帮你拿睡衣和牙刷。”

辛安还没反应过来，书包的夹层里就飘出了一张全家福照片。

齐佳嘉拿起来一看：“咦？这不是你和叔叔阿姨的合照，这是谁啊？”

辛安摇摇头：“我也不知道，这是我在失物招领处登记的钱包里找到的。”

照片是辛安之前在一个破旧钱包里发现的全家福，她本想着既然有照片就可以拿去调查一下资料，可没想到拜托左泽查过以后，他告诉她照片中的男主人已经失踪一年多了，这家的女主人也因为承受不了抚养几个孩子的压力而卧病在床，一家人过得很贫苦。

“太惨了吧……”齐佳嘉同情地叹了口气，“我们想想办法，给孩子们募捐吧。”

“嗯，能帮多少就帮多少吧，”辛安看看墙上的挂钟，时间已经指向了十一点半，“今天先结束练习，明天你再背一下刀叉的用法就差不多了。”

“呼……累死了！”齐佳嘉一头栽倒在床上，止不住地抱怨，“都怪队长，明明知道我不行，还非要选我来执行这么重要的任务。”

“别抱怨了，你现在的工作，我求都求不来呢。”

辛安走到桌前收拾资料，天知道她有多羡慕齐佳嘉，只可惜老爸老妈没有把她生得高一点儿。

她翻到文件夹中间的一页：“这是绿园餐厅的建筑图纸？”

“嗯，队长说他们会在绿园餐厅的周围布下安防，为了防止我被罪犯认出来发生危险，他给了我绿园餐厅的建筑图，让我往有支援的地方跑，”齐佳嘉连身都懒得翻，“不过我又看不懂，给我也是白给。”

“你啊……”

辛安注意到图纸上标注着绿园餐厅旁边有一家私人电影院，绿园餐厅和它挨得十分近，中间只有三米不到的距离，她顿了几秒钟，把图纸塞进了文件夹里。

第二天是周末，齐佳嘉要去加班巡逻，留下辛安一个人在家。辛安起床后也早早出了门，打算回家拿几件换洗衣服，顺便晨跑锻炼。

清晨的风吹在辛安的脸上，送来充满诱惑力的豆浆和油条的香味。金色的阳光暖洋洋地洒在每一个早起的行人身上。旧城的巷弄里，早就有勤快的主妇开始晾起了被单，纯白色的被单被风高高扬起，似乎要触摸天际。街角有中学女生在早读，混合着不知道从哪儿传来的小提琴声……富有蓬勃生活气息的早晨，揭开了美好一天的序幕。

辛安在路边停下来，没能抵挡住诱惑买了两个大肉包，边啃边走，余光忽然瞥到一幢富丽堂皇的建筑，脚步不由自主地停了下来。

“嗯？”

原来不知不觉间，她走到了绿园餐厅。

绿园餐厅的外形酷似城堡，圆柱和露台充满欧式风情，虽然餐厅还没开门营业，但餐厅临街的小花园里已经有服务生在浇水修剪了。餐厅桦木大门的两旁矗立着两尊小天使雕像，胖乎乎的小爱神拿着弓箭，仿佛在注视着路过的每一个人。

辛安的目光移到绿园的另一侧，紧挨着它的那栋建筑外形非常奇怪，建筑风格看起来像是中式的楼阁，木柱和大门却都是纯黑色的，大门上方挂着一个印有“观花阁”三个大字的纯金色牌匾，而牌匾下面四个拳头大的金色门档雕刻成“福禄寿喜”的字样，更令人无语的是，大门前立着两尊石貔貅，正威风凛凛地盯着自己。

这就是那个私人影院？

辛安蹙起眉头，说不出为什么，心底一阵不安。

观花阁和绿园餐厅，一中一西，两栋完全不同风格的建筑屹立在一起，就像两个被割裂开的世界，怎么看怎么诡异。

4

此时是早上八点半，一般的寻常电影院都还没开门，而观花阁的大门却虚掩着，好像在等待谁的光临。鬼使神差一般，辛安迈开脚步走了过去。

“丁零零……”

她的手指刚摸到大门，电影院里就响起一阵刺耳的铃声，吓得她赶紧缩回了手。

为什么会响警铃？是因为现在还不到营业时间吗？

“来了来了，谁啊？我们还不到营业的时候。”

大门里头传来一道年轻的男声，慵懒悦耳，还带着几分耳熟。门开了，一个穿着灰色 T 恤的青年从里面走了出来。

辛安来不及细想，赶紧低下头：“对不起，我不知道你们还没开门，打扰到您了。”

好一会儿，对方都没有出声，辛安奇怪地抬起头，对上了一双狭长优美的丹凤眼，俊美的青年双手抱胸倚在门栏上，正居高临下地看着她。

她倒吸一口冷气：“是你！”

这不是宿原溪吗？天桥底下的那个骗子！

“你……你被放出来了？”辛安吓得后退了一步。

宿原溪没好气地说：“是啊，托你的福，你来观花阁有什么事？”

说着，他狐疑地打量了她几眼：“你该不是在故意跟踪我吧？”

“我哪有那么闲？”辛安大声反驳，“我只不过是晨跑路过而已。”

“哦，”宿原溪慢悠悠地答了一声，“我们还没到营业时间。还有，观花阁是 VIP 会员制度，没有带会员卡的人想进来，门口的感应器会自动报警。”

“这是你的店？”

“对啊，我是观花阁的老板，怎么？”

辛安皱起眉头，没有吭声……这不对啊，能开在绿园餐厅旁的这种

昂贵地段，装潢品位虽然奇特但一看就是大手笔，为什么宿原溪还要当街行骗？

“我乐意，怎么了？”宿原溪像是猜到了辛安在想什么似的，俊颜上掠过一丝阴霾，他幽暗如深潭的眼睛里满是嘲讽，“没事别随便晃荡，观花阁的消费水准可不是你能达到的。”

说着，他打了个哈欠，转身走了进去。

“你……”

大门“砰”的一声在辛安面前关上，她气得跺了跺脚，却也没有什么办法，只得郁闷地离开了。

一转眼，又一个星期过去了。

星期三早上，辛安刚来到办公室，就看到对面的重案九组在整理装备，全队人都穿上了便衣，有扮成厨师的，有穿着大货车司机衣服的，还有假装成客人的……唯独不见齐佳嘉的身影。

“咦？奇怪，这丫头去哪儿了？”

辛安伸长脖子，看左泽从办公室走了出来，俊朗的面容上满是焦虑和愤怒，他不时走来走去，好像在等着什么。

糟糕，别是嘉嘉出什么问题了吧？

辛安的心里“咯噔”一声，星期一左泽验收“训练成果”的时候，自己也在场，他嘴上没说什么，但对齐佳嘉的表现还是非常满意的，关键时刻，这丫头可千万别掉链子啊！

可世界上的事，就是怕什么来什么，又过了五六分钟，齐佳嘉才捂着肚子跑过来。

“齐佳嘉！你知道自己迟到十分钟了吗？全组人都在等你！”左泽恼怒地瞪了她一眼，“快去换上服务生的衣服！”

说完他就转身要走，齐佳嘉从他背后一把拖住了他的衣袖：“队……队长……我今天……今天可能没法执行任务了。”

“什么？”这句话犹如晴天霹雳，炸得左泽目瞪口呆。

齐佳嘉惨白着一张小脸，一只手捂着肚子：“对不起……我昨天晚上吃坏肚子了。我……我感觉自己五分钟后又要跑厕所……”

“齐佳嘉！”左泽的额头上暴出了青筋，他深吸了好几口气才强行让自己的声音平静了一点儿，“你知道我们这次的任务有多重要吗？放走了这个通缉犯，很可能就再也抓不到他了！”

“我……我……”

齐佳嘉冷汗如雨下，她心里也在叫苦连天。昨天晚上她录火音小视频，一时之间太高兴了，居然当众表演连吃八个冰淇淋，结果早上肚子疼得差点儿都下不了床。

可是如果她照实跟左泽说，恐怕他会气得头顶冒烟。

正无计可施之时，齐佳嘉的眼睛滴溜溜地转到了对面的失物招领处，忽然灵机一动！

“队长，我有办法了！”

辛安正像一只热锅上的蚂蚁，在自己办公室那一米见方的空地上转来转去地替齐佳嘉担心，忽然就见齐佳嘉那熟悉的小脑袋探了进来，她心中不由得一喜。

“嘉嘉，你没事吧……”

话音未落，左泽也跟着齐佳嘉走了进来，他紧绷着一张俊脸，飞速地说：“长话短说，齐佳嘉身体不适，无法参加今天的卧底任务，她向我推荐了你。你叫辛安对吧？”

“啊？对。”

左泽用异常肃穆的眼神打量了辛安一番，辛安感受到了无形的压力，她忍不住用目光去瞥一旁的好闺蜜，齐佳嘉却双手捂着肚子，一副憋得很难受的模样。这是怎么了？

打量了辛安好几秒钟，左泽终于下定决心，开口道：“辛安，我们需要你帮忙去绿园餐厅卧底，你愿意吗？”

第三章

紫阳花与坠楼少女

1

卡其色的格子连衣裙，英伦风的风琴褶衬衣，配上蓝丝绒高跟鞋，绿园不愧是彗星市唯一的米其林三星餐厅，服务生的制服也如此精致优雅。镜子里的少女明眸善睐，皮肤如牛奶般白皙，一头乌黑的秀发高高束起，使得她活泼灵动中带上了一些知性。辛安有点儿呆住了，不敢相信镜子中的人就是自己。

“喂喂？辛安，听得到我的话吗？听到请回答。”

耳朵里的无线电传来左泽那低沉的嗓音，辛安回过神来，压低声音回答：“队长，我听到了。”

“很好，请继续完成服务生的工作，随时提高警惕。”

“是。”

辛安端起一旁的银质水壶，扬起笑容走进605包厢，给客人倒伯爵红茶，水的温度恰到好处，英式礼仪动作优雅……就算是最挑剔的客人，也找不出辛安的毛病。

因为齐佳嘉拉肚子拉到脱水，被留在了公安局医务室，所以辛安不得不跟着重案九组全副武装地来到饭店，干起了本来齐佳嘉应该干的活儿。此时已是中午时分，绿园餐厅里坐满了人，辛安本来紧绷的神经绷得更加紧。

觥筹交错，衣香鬓影，客人们换了一批又一批，正午的阳光也从头顶悄然移到了西边的天空，可辛安却始终没有见到任务目标——那个光头中年男人。

“队长，是不是搞错了？”辛安躲进女卫生间，用无线电和左泽小声地对话着，“现在都下午三点了，目标今天是不是不会来了？”

耳机里，左泽沉默了一阵子：“有这个可能，但对方是一个逃脱了好几个国家警察追捕的罪犯，非常狡猾，所以他也可能只是过度小心而已……你先不要暴露身份，换一套常服先下班，我们继续在外围监视。”

“知道了。”辛安点点头。

她在更衣室换回自己的运动衫，下午三点多，金灿灿的阳光透过玻璃窗照射进来，闷热而干燥，让人的心情无法沉静。不经意间，一抹刺眼的光从辛安的眼前掠过，晃得她差点儿睁不开眼。

“搞什么啊？有人在照镜子吗，是谁在反射光？”

辛安奇怪地抬起头看向窗外，几乎是一瞬间，更衣室的长椅发出一声“吱嘎”的刺耳响声，她猛地站了起来。

“辛安？”左泽在路边的车子里听到了动静，不明所以地继续发出指示，“换好衣服了吗？装作下班的样子从员工通道出来，走出两条街，我们的车停在这边……”

回答他的却是“哐当”一道巨响和玻璃碎裂的声音！

辛安抡起椅子，奋力把更衣室的玻璃砸了一个大洞，不过幸好楼下是个垃圾站，掉下去的玻璃碴都伤不到人。

“辛安，发生什么事了？”

耳机里传来左泽和其他警察的呼喊声，辛安大口大口地喘着气：“队长，来不及了！这里有个人要跳楼……我得去救人！”

原来，隔壁观花阁的天台一侧，有个少女正坐在栏杆上，半个身子都已经悬到半空中，刚刚从辛安眼前掠过的光，正是少女所戴的手链折射的！

少女背对着辛安，齐腰的黑发随风飞舞，纤瘦的背影仿佛被风一吹就要掉下去。辛安快急死了，拼命砸开窗户玻璃，观花阁的天台比辛安所在的更衣室楼层矮一些，她打算从绿园餐厅这边的窗户跳到观花阁的天台上。

她边砸边朝少女喊话：“你别做傻事！什么事都能解决的，我马上就来救你！”

那个少女好像听不见她说话，只是低着头，摇摇欲坠。正在这时，一个熟悉的黑色身影推开天台的小门走了进来，那人如玉一般英俊的面庞笼罩在建筑物的阴影里。

辛安心中一喜：“宿原溪！你快拉住那个女孩子！”

宿原溪却站在原地一动不动，辛安都快急死了：“你听到没有？那个女生要掉下去了！”

“辛安回来！这很可能是陷阱！万一中计就会打草惊蛇！”

左泽通过无线电在大喊，辛安咬咬牙一把拽掉耳机，世界终于清静了。接着她又“哐哐”几下，终于把整面玻璃都敲了下来。

“我就过来了！”

辛安助跑了几步，飞跃而起，敏捷利落地从更衣室的窗户跳到了观花阁天台。直到她落到地面上，宿原溪才像是发现了她一样，倒退了两步。

“犯什么傻啊！快来帮我救人！”

辛安脚步不停地往前冲，少女如梦初醒一般，抬起头害怕地看向辛安：“你……你干什么？别过来！”

少女有着一张非常漂亮的巴掌脸，她白皙清秀，楚楚可怜，一双愁绪万千的眸子中含着泪，见有人朝自己冲过来，想也不想地就往楼下跳。

“我的天！”

这时辛安已经冲到了近前，她眼疾手快地抓住少女的一只手，但毕竟力量有限，她不仅没把人捞起来，自己反而被带着往前冲了几步。

辛安赶忙用一只脚抵住栏杆：“宿原溪……你倒是来救人啊！”

少女的情绪变得十分激动：“你是谁？我不要你救，让我去死！”

“你……你做这种傻事家人知道吗？”辛安拼命劝说，“人生没有过不去的坎……呼……有什么困难，你说……说出来，我会帮你一起解决的！”

辛安感觉自己快使不上劲儿了，只得仰着脖子大喊：“宿原溪！你是聋了吗？快来帮忙！”

宿原溪迟疑地往前走了两步，总算抱住了辛安的腰，把她往后拉。

“坚持住！我们很快救你上来！”辛安死死地抓住少女的手，炎热的夏天里，手心沁满了汗水，又腻又滑，“我快要拉不住了，给我另一只手！”

少女惨白着一张脸摇了摇头，她呆滞地看着辛安说了一句什么。

“你说什么？”

男人的力量果然强大，宿原溪的手臂强劲有力，在他的帮助下，眼看少女就要被两个人合力拽回天台。

就在辛安刚发觉少女的面孔有些眼熟时，少女举起右手，把什么东西塞进了她的手里，随即凄美地一笑，挣脱开她的手。

“对不起，我太累了。”

“不——”

辛安眼睁睁地看着少女犹如一只断了线的风筝坠落下去。

2

左泽带着重案九组的警员们赶到时，辛安已经在小巷子里给少女做急救了，此时少女已经是出气多进气少，她睁着大大的眼睛，澄澈的瞳仁中映着湛蓝的天空。她的身躯是那样白皙瘦弱，静静地躺在血泊之中，如同一朵凋零的百合花，既美得纯洁无瑕，又美得如此残酷。

宿原溪呆立在一旁，宽厚的肩膀颓然地耷拉着，他怔怔地看着辛安和少女，一言不发。

看到这一幕，原本暴怒的左泽也熄了火气，救护车匆匆赶到，他指挥着几个警员帮医护人员把少女抬上担架。

目送着救护车“呜呜”地离开，左泽这才转过身来：“辛安，你刚才……”

“你为什么见死不救？”辛安无视了左泽的话，愤怒地扑到宿原溪身上，揪住他的衣领质问，“刚刚你明明比我早到，为什么不去拉住她？你站在那里看什么？”

辛安洁白的小脸上满是泪痕，左泽一愣，看向宿原溪的目光立马带上了一丝怀疑。

“你就不怕晚上睡觉做噩梦吗？你看看我的手，你看看！”

宿原溪俊美的面庞上神情恍惚，看着辛安满是鲜血的手，一个一米八几的大男人默然不语，任凭辛安又捶又打。

“杀人凶手！混账！”

看辛安越来越激动，左泽和另外一个警察赶紧拉住了她：“辛安，冷静一点儿，冷静！”

“叫我怎么冷静？”辛安的眼泪如断了线的珠子，她又是自责又是后悔，“这是一条人命啊，我怎么就没早点儿发现她，让她一个人坐在栏杆上那么久？”

宿原溪抬眼看向辛安，薄薄的唇动了动，似乎要说些什么，然而到最后什么都没说，他英俊的容颜上浮起一丝痛苦。

“好了，”左泽暗暗叹了口气，“辛安，你今天辛苦了。这里的情况我们一定会查明的，你早点儿回家休息吧。”

“队长，我不——”

“这是命令！”

左泽的口气十分严肃，辛安这才想起自己不过是个实习生，并没有资格参与调查，她只好怏怏地点点头，再也不搭理身边的宿原溪，失魂落魄地转身朝巷子口走去。

“这位市民，因为当时你和这位坠楼者一起在天台上，所以还请跟我们回去配合调查……”

身后响起左泽的声音，辛安只觉得自己的脑袋乱糟糟的，她没听清宿原溪回答了些什么，也不关心。走出巷子口，她动作艰涩地从口袋里摸出两样东西。

一张小小的纸片，上面用水彩画着紫色的花，像一团小小的绣球，浪漫梦幻。

一张纯黑色的卡，左上角印着一个小小的银色弓箭标志，右上角印着一个有七格电的电池图案，只有两格电的图标是满的，其他五个是空格。

辛安盯着看了两秒钟，忽然像是被火烫着了一样慌忙把东西塞回口袋，这是少女在最后一刻塞进她手里的东西，不知道为什么，她直觉就想自己留下。

她打起精神，深一脚浅一脚地步行回家，一路上，行人不住地朝她行注目礼。辛安知道自己有多狼狈，却没有任何精力去顾及其他，她呆愣地看着自己满手的血，脑子里不断循环着少女的最后一句话。

“对不起，我太累了。”

辛安刚回到家，齐佳嘉的电话就马上轰炸了过来，生怕好闺蜜受到了刺激，一个劲儿地问她有没有事。

“知道了嘉嘉，我只是有点儿累而已。我一点儿也不害怕，真的。”

和齐佳嘉絮絮叨叨了好半天，辛安才勉强说服好友，让她相信自己真的没有被影响到，不至于她晚上冲到自己家来陪睡觉。

被齐佳嘉这么一闹，辛安那原本还有几分混沌的脑袋也清醒了过来，洗完澡躺在床上，她拿出那张黑色的卡和画有花朵的纸片，翻来覆去地看着。

这个世界上，每天都有无数的事件在发生，有光明的，美好的，自然也会有黑暗的，痛苦的……究竟这个少女碰到什么事，才会这么绝望，甚至到要放弃自己的生命呢？

辛安打开手机里的搜索引擎的搜图功能，给纸片拍了张照，很快，页面中就跳出了一条相关的百科信息。

紫阳花，又名绣球荚蒾。忍冬科，荚蒾属落叶或半常绿灌木，高可达4米……

这画的是紫阳花？它会不会有什么特殊的意义呢？

辛安一边无意识地摩挲着纸片，一边在手机上寻找关联搜索。她一个不小心按错了，页面中跳出来一条广告视频，几个穿着亮丽水手服的少女又唱又跳。

“星萌Ⅱ出道巡回演出，星光闪耀等你来！”

当看清了最中间的那个少女的面容，辛安惊得一骨碌从床上坐了起来。

“是她！”

最中间的少女正是不久前辛安目睹的坠楼少女！

怪不得辛安觉得坠楼少女很眼熟……原来这个少女正是先前齐佳嘉给她看的火音小视频上在舞台最中间跳舞的女生——蓝瑛！

3

辛安一大早就来到警局，即使亲眼看见蓝瑛倒在血泊中的模样，但她的心里还是抱有一丝侥幸，希望能出现奇迹。

“小安！”远远地齐佳嘉就冲她跑过来，“你来啦，昨天的事没有吓到……”

“嘉嘉，蓝瑛怎么样了？”辛安急忙打断齐佳嘉的话，问道。

齐佳嘉一下子顿住了，过了半晌才失落地摇摇头：“没救回来……昨天晚上在手术台上去世了……”

辛安心情沉重地点点头，果然没有什么奇迹……昨天晚上，她看完了所有关于蓝瑛的视频，可越看越不明白，为什么一个前途光明，能歌善舞的漂亮女生会想不开，最终选择轻生。

她努力不让自己沉浸在悲伤的情绪中，打起精神问：“嘉嘉，你身体没事了吧？”

齐佳嘉除了脸色还有点儿泛白以外，气色看着比昨天好多了，她那浅棕色的眼眸里满是愧疚：“我没事啦！都怪我录什么视频，害你亲眼看见蓝瑛坠楼……”

说到这里，她更沮丧了：“她为什么要跳楼啊？我可是她的粉丝呢！”

想到蓝瑛最后那一抹凄美的笑容，辛安也心生难过，她拍了拍齐佳嘉的肩：“关于她的事情有什么进展吗？”

齐佳嘉摇摇头：“我也是刚到公安局，完全不知道是什么情况。”

一个突兀的男声猛地插进了她们的对话。

“想知道是什么情况？我来告诉你们吧。”

两个人齐刷刷扭过头，对上左泽那张冷漠的脸，他右手拿着一个文件夹，正站在齐佳嘉身后。看到他，齐佳嘉吓得一个趔趄，差点儿倒在辛安身上。

“辛安，你对于宿原溪的指控不成立，”左泽没有理会齐佳嘉的窘迫，目光锐利地看着辛安，“绿园餐厅的四个角落都安装有监控，摄像头拍到他只不过是在你到达前一分钟才来到天台，他始终离蓝瑛有一段距离，并且没有开口对坠楼者说过一句话，所以我们只能判定他不是造成蓝瑛坠楼的主要因素。”

“可是，蓝瑛身为一个偶像，却出现在观花阁的天台，这情况本身就很可疑啊！”辛安忍不住争辩。

左泽不紧不慢地回答：“这个问题我们也质疑过，不过宿原溪本人说观花阁是一所高级私人影院，他的很多客人都是社会名流。我们查过记录，蓝瑛昨天中午十二点就到达了影院，而且也有好几次进出影院的记录，所以他应该没有说谎。”

怎么会这样？

难道线索到这里就断了？

回想起宿原溪反常的举动，辛安激烈地反驳：“不！不是的，他肯定有问题……之前不是说，有个叫严佩云的女生也是因为他……”

“辛安！”左泽态度十分严厉，“你不是很想成为一个警务人员吗？告诉我，警务人员断案的基本要素是什么？”

辛安一怔，齐佳嘉轻轻拉了拉她的衣袖，过了好一会儿，她才低声说：“证据。”

“你说什么？大声点儿，我听不见。”

“证据！”辛安大吼出声，“身为一个合格的警察，在判断一个人是否有罪，必须要有充足的证据！对不起，队长，我错了。”

“你错在哪儿了？”左泽如冰封的眸子里闪过一道光。

辛安垂头丧气，像一只泄了气的皮球：“我错在不该没有任何证据，就随随便便给人定罪。”

“错，你错在不听从命令，搞砸了最重要的任务。”左泽脸上的表情和他的声音一样冰冷，“昨天你擅自摘下耳机，破坏绿园餐厅的窗户玻璃，闹出巨大的动静，让我们卧底的同事都以为你出了事，大家全都暴露自己来救你，导致我们需要监控的对象逃之夭夭。”

辛安震惊地瞪大双眼。

左泽深深地看着她："辛安，我正式通知你，你的实习资格被取消，现在请交出你的工作证，收拾好自己的东西马上离开。"

瞬间，辛安的脸色变得惨白。

齐佳嘉连忙辩驳："队长，你怎么能这样？小安是为了我才去做卧底的，你要罚就罚我——"

左泽转过头，冷酷地打断她的话："齐佳嘉，你无视规章，被处以停职反省一个月的惩罚，如果还有下次，你也一样收拾东西走人。"

说完，他看也不看呆若木鸡的两个人，径直走进了办公室。

一个小时后，辛安换回了自己的T恤、牛仔裤，和同样换上了便装的齐佳嘉一起坐在公安局门前的休息区的长椅上。

"对不起，小安，都怪我……"

齐佳嘉歉疚地看着辛安，她还从没有见过辛安像现在这副模样，死气沉沉的，整个人像是被抽干了活力。

辛安摇摇头表示不怪齐佳嘉，但也不想开口说话。现在想想，她搞砸了任务，左泽难免会生气……然而最重要的是，一个美丽的少女在她的眼前陨落，她却无能为力！

"你别这样……"齐佳嘉都快哭了，绞尽脑汁地想转移辛安的注意力，"要不，我请你吃饭吧？就当是赔罪？"

"不想吃，没胃口。"

"那……那去游乐园玩？我给你买气球呀！"

"我又不是小孩子了。"

"那……逛街，看电影？"

一听到"电影"两个字，辛安的脑海中不由自主地浮现出一抹黑色的身影，她沉下了脸色："最近别跟我提电影这两个字，我一想到宿原溪就生气。"

齐佳嘉闭上嘴巴，一阵令人郁闷的沉寂过后，她也不由得伤心起来：“唉，蓝瑛为什么会自杀呢？她可是星萌Ⅱ的一匹黑马，只训练了两个月就成了人气最高的明星少女，明明马上就要正式出道了，到底为什么想不开啊……”

她的话让辛安一愣，辛安急切地抓住好友的衣角：“你说什么？”

“她为什么要自杀……”

“不是，是之前那一句！”

“她是星萌Ⅱ的一匹黑马，只训练了两个月就成了人气最高的明星少女……”

“对！就是这个！”

辛安的眼睛里燃起熊熊的火光，虽然没有证据，但直觉告诉她，蓝瑛从楼顶一跃而下与这个星萌Ⅱ明星学院的两个月培训经历绝对脱不了干系！

她将目光转到自己的好闺蜜身上：“嘉嘉，你只是停职反省，工作证没有被收上去吧？那帮我一个忙呗！”

4

夏日炎炎，一轮骄阳悬挂在空中，彗星市内最大的湖泊“月湖”就坐落在这里，湖畔最高的那幢银色大楼就是星萌Ⅱ学院。灿烂的阳光照射在大楼玻璃上，反射出耀眼的光芒，这是一个艺人培训基地，因此大楼外围都用高高的铁丝网保护了起来，只有前后两扇大门供人通过，大门口有门卫看守，普通的粉丝和娱乐记者根本进不去。

蓝瑛坠楼事件在网络上传得沸沸扬扬，刚来到这里的辛安和齐佳嘉被声势浩大的媒体记者吓了一跳，其中不乏很多悲伤愤怒的粉丝们，他们不约而同地来到这儿，为逝去的偶像点上一盏祈福的蜡烛，送上一束祭奠的小白花。

“小……小安，这不太好吧？”齐佳嘉站在铁丝网外面，瑟瑟发抖，“我们并没有得到队长的允许过来调查啊……”

“怕什么，你不是有警察证吗？”辛安双手合十，“拜托了嘉嘉，就这么一次！如果我不弄清楚蓝瑛的死因，我晚上连觉都会睡不好的！”

齐佳嘉为难地挠挠头，自己这个好闺蜜的性格她非常清楚，从小到大一根筋，如果不弄明白是绝对不会甘心的。

“你不是蓝瑛的粉丝吗？她轻生之前的两个月都在训练基地度过，你难道一点儿怀疑都没有吗？我在网上看到好几个粉丝开帖质疑，说蓝瑛刚进入学院时，手上偶尔会出现瘀青，像是被人为打伤，而且有好几次她的脸上还有红印。”辛安目光炯炯地看着齐佳嘉，“嘉嘉，你看看那些粉丝送的花，他们没有能力找出为蓝瑛的死负责的人，我们现在有这个机会，为什么不去找呢？”

齐佳嘉瞥了一眼搁在地上被风吹散的花，心中一酸，终于下定了决心：“好！”

没错，哪怕不喜欢，她的本职也是个警察，身为警察，绝对不能停止对真相的追寻！蓝瑛的死，无论是意外还是另有隐情，她都不应该不闻不问。

齐佳嘉带着辛安走到星萌Ⅱ的大门口处，向门卫出示了自己的警察证：“你好，我们是彗星市公安局城区分局的，关于昨天你们公司艺人蓝瑛的坠楼事件，我们有一些情况想要问讯了解。”

一听是警察上门，星萌Ⅱ的负责人很快就出来迎接了。

出乎两个人的意料，迎接她们的是一个二十几岁的年轻男人，他长得眉目清秀，穿着一身紫色西装，柠檬黄色波点领带配上豹纹皮鞋，看得辛安和齐佳嘉都目瞪口呆。

“你们好，我是星萌Ⅱ的艺术总监许定修，”他热情地和齐佳嘉她们一一握手，“关于蓝瑛的事，你们上午不是已经派同事来问过了吗？有什么新发现或者遗漏的吗？”

齐佳嘉听得一愣……上午已经有警察来过了？

“没错，我们还有些问题，”辛安赶紧救场，“蓝瑛平时在基地有要好的朋友吗？”

“星萌Ⅱ是一所明星学校，平时只注重个人才艺的培训，对成员的私生活没有什么了解，”许定修摇摇头，“这个问题你们上午不是问过了吗？”

齐佳嘉下意识地看了看辛安，辛安咳嗽了一声：“没错，我们问过，现在只是核实……核实一下。”

她的回答却没有让许定修满意，许定修看着她们的眼神开始带上了怀疑。齐佳嘉的后背沁出冷汗，辛安可没有警察证，如果许定修真打电话去彗星市公安局城区分局询问，她们就要倒大霉了。

辛安朝齐佳嘉挤眉弄眼一番后，目光盯住了她的肚子，不愧是闺蜜，齐佳嘉马上领会了她的意思。

“呃！我的肚子好疼！”齐佳嘉捂住肚子，“不好意思，借用一下洗手间！您先去忙吧，待会儿我们会再找您的！”说着，她拉着辛安跑进了大楼。

跑进大楼后，齐佳嘉抹了一把汗：“呼……好险……差点儿被抓到把柄。”

辛安的视线一一扫过大厅四周，光可鉴人的大理石地板，气派非凡的大卫雕塑喷泉，这时，她注意到头顶上有两个银色摄像头。

“这儿有监控，我们演戏还是演全吧，去一趟洗手间。”

中午时分，星萌Ⅱ的大厅并没有什么人，她们按照指示牌找到了女洗手间，正要推门进去，忽然从虚掩的门内传来一道如冰霜般冷漠的女声。

“没想到她居然真的死了。”

带着惶恐不安的低哑女声响起：“我……我没想到她会跳楼的，我不想的……”

齐佳嘉的动作一下子僵住了，辛安朝她摇了摇头，两个人屏息凝神地听着洗手间内的对话，这时出现了第三个人的声音，这个女声最悦耳，像燥热夏天里的一杯梨汁，甜美清润，然而她说出口的话却最让人毛骨悚然。

“行啦，这件事跟你又有什么关系呢？谁让她那么脆弱，随便戏弄一下就想不开了。”

辛安愤怒地攥紧了拳头，难道蓝瑛一直在培训基地里过着被人欺凌的生活吗？

“可是……”

声音低哑的女生还想说什么，被最开始那个冷漠的女声打断：“好了，人都已经不在了，说那些有什么意义？我对你们之间的恩怨没兴趣，我只想知道为什么每次蓝瑛去过那个观花阁私人影院后，演技就好像进步了很多。”

又是观花阁？辛安的脑子里“嗡”的一声炸响。

辛安还想继续探听什么，这时洗手间内响起了“哗哗”的水声，齐佳嘉从背后拉了拉辛安的衣服，示意她们马上就要出来了。辛安会意地点点头，悄然无声地离开了洗手间的门前。

两个人并没有在星萌Ⅱ学院里耽搁太久，出来以后，外面的阳光依旧毒辣，照在辛安脸上火辣辣的疼，她再也没有心思去计较这些。

“想不到星萌Ⅱ学院的几个女生在视频里看起来那么亲密，却都在背后欺负蓝瑛！”齐佳嘉愤愤不平，“太过分了！”

“是啊，蓝瑛在这里的日子一定很难过。”辛安蹙起眉头，“还有，观花阁……”

看来，这家私人影院的确古怪。

第四章

夜探观花阁

1

夜幕深深，树影摇曳，映在黑乎乎的玻璃窗上，像是缠绕的人影，阴森森的。一抹娇小的身影出现在绿园餐厅和观花阁中间的小巷子里，辛安警惕地左右张望了一下，随即伸展了一下白皙的手臂，踢踢匀称的双腿，“嗖嗖”几下，如同敏捷的猫一般，顺着绿园餐厅的水管爬了上去。

被辛安砸破的玻璃还没来得及补好，没有开灯的更衣室的窗户像一个黑洞。辛安先是爬进更衣室，紧接着像前一天救人那样，她助跑几步飞跃上了观花阁的天台。

成功了！

辛安特地穿上气垫跑鞋，落地时只发出了一点儿轻微的声音，完全不会引起任何人的注意。夜幕如墨水般浓厚，天空中厚厚的云朵也将皎洁的月亮完全遮挡了起来。

她拉开天台的门，顺着石级走了下去。

她一直都觉得宿原溪身上疑点重重，特别是白天听到洗手间里几个女生的议论后。于是她决心晚上来电影院一探究竟。不过她也记得宿原溪之前说过，没有带 VIP 卡的人会引发警报，所以她猜想大门一定有什么检验装置，才铤而走险从天台潜入进来。

这么说，她是猜对啦？

此时是凌晨时分，普通的私人影院早已打烊，而辛安顺着螺旋楼梯往下走，没走多久，却听到了“轰隆隆”的嘈杂声音，似乎是从各个包厢里传出来的。

这个时间了还有人在看电影？

辛安一怔，越发小心起来。

她摸着黑穿过走廊，脚下是软软的地毯，走起路来一点儿声音也没有，五楼和六楼都是一片漆黑，压根看不清，三楼有一个影院大厅，刚才在楼梯间听到的嘈杂声就是从这些紧闭的包厢中传出来的。不过从三楼开始，走廊上终于有了一星半点的光亮，是几盏廊灯发出的昏暗的光。

辛安一口气下到一楼，都没看到一个工作人员。

一楼大厅的装潢别扭又古怪，八十年代的黑白马赛克格子地板，挂满了镜子的墙壁，她的身影被拆分成千万个，似幻似真。这里也有很多包厢，每扇紧闭的门上都贴着海报，不过因为光线太昏暗，她看不太清海报上都画了些什么。

私人影院是这样的吗？

辛安以前从没有去过私人影院，她好奇地凑到一扇门前，发现门上居然还有一个液晶屏幕，轻轻一摸就显示出日期和时间。

“2018 年 4 月 25 日，8：30AM……”伴着幽幽的蓝光，她轻声念出屏幕上的字，却完全被搞糊涂了。

什么啊？今天都 7 月 28 号了啊！而且也不是早上……这液晶屏坏掉了吧！

电子屏幕的光照亮了包厢门上的海报，辛安只不过瞥了一下，就再也无法移开眼睛……海报的女主角居然是蓝瑛！

海报中，蓝瑛穿着坠楼当天的白裙子，双手交叉，静静地躺在地上，身后的鲜血开出了娇艳的花。如此唯美的画面让辛安浑身的汗毛都竖了起来，仿佛在炎热的夏日被人当头泼了一盆冷水！

这是什么情况……

她再也顾不上会惹人注意，连忙从口袋中掏出手机照亮了海报，蓝瑛洁白如天鹅的脖子上戴了一串华丽的蓝色宝石项链，下方的电影名用大大的哥特式花体字写着：消逝的蓝宝石。

辛安怔住了，她回忆起前一天的画面，发现自己并没有看到蓝瑛脖子上戴着项链。

这幅海报太诡异了，难道是蓝瑛生前拍的电影吗？但是前一天晚上她已经把网上所有关于蓝瑛的视频都看过了，蓝瑛还只是练习生，根本没有电影上映……

为什么这个海报上蓝瑛的姿势，与她坠楼后的画面一模一样？

难道是宿原溪恶趣味地拍下了坠楼现场的照片，然后将蓝宝石项链PS 在了照片中做成电影海报？

要真是他做的……他也太……

辛安的脊背一凉，内心的正义之火熊熊燃烧起来，她打定主意要看看宿原溪的这个私人影院到底有什么见不得人的地方！

她握住包厢门的铜把手，轻轻旋动起把手，拉开门的一瞬间，门里猛地迸发出耀眼的白光，刺得辛安一下子闭上了眼睛。紧接着，狂风“飒飒”地在她的耳边吹起，这时，身后忽然传来宿原溪紧张的声音：“不要开门！”

辛安回过头，看到宿原溪高大的身影在匆忙赶来，她来不及说话，一股强大的吸引力就拉扯着她往前栽去。

“啊！”她尖叫一声，用力扒住门框。

“都说了不要开门！”宿原溪越来越近。

逆着光，辛安看不清他俊美的容颜上是什么表情，只觉得拉扯着自己的那股力量越来越大。她再也坚持不下去，就在手脱离门框的瞬间，下意识地伸手一捞，手指不知道钩到了什么。

“松手！”

宿原溪大喊一声，也跟着辛安直直地坠落，随即，两个人的身影消弭在一片白光中。

2

“啊！”

辛安猛地睁开眼睛，大口大口地呼吸起来，后背全是冷汗。

太可怕了，实在是太可怕了！刚才的梦境里，她的喉咙好像被一只看不见的手扼住，然后身体不断地往下坠落，坠落……

“小瑛，你怎么了？”

一道陌生男声响起，辛安扭过头，一个相貌斯文的年轻男人坐在她的身旁，正打量着她，他穿着一件斑马纹的西装，孔雀蓝的领带上还别着夸张的骷髅装饰夹。

“啊！你……”

辛安惊讶地张大了嘴巴，这个男人不就是之前她在星萌Ⅱ学院见过的艺术总监许定修吗？他怎么会在自己身边？

“小瑛？”许定修关切地问，“怎么了？昨晚通宵录歌累着了吗，先睡一会儿吧。”

“等等，你叫我什么？”辛安奇怪地看着他。

许定修一脸茫然：“小瑛啊，我不是一直这么叫你的吗？听说前几天你感冒发烧才刚好，是不是太累了？”

他每一个字都让人听不明白，辛安环顾左右，这才发现自己居然在一辆行驶的大巴车上，车上除了司机，就只有她和许定修两个人。

“啊？”

她低下头，看到自己居然穿着白色水手服和红色格子短裙，指甲也涂成晶莹剔透的芭比粉。窗外的景色不断倒退，玻璃车窗上映出一张熟悉的苍白脸蛋，清纯小巧的五官上描绘着精致的妆容，乌黑亮丽的长发梳成可爱的麻花辫，垂在胸前。

“我的天……”

看到车窗上映出的这张脸，辛安惊呆了。

这……这不是蓝瑛的脸吗？

"实在不舒服的话，需不需要去看一下医生？"许定修絮絮叨叨着，"这段时间你的工作的确是有点儿多，不过我们的付出都是有收获的呀！你看看微博，多少粉丝喜欢你，你也要好好为了他们努力啊……"

被他提醒，辛安低下头看了一眼自己的手机屏幕，顿时一个激灵！

这是一部少女风的薰衣草紫手机，解锁屏幕是一幅少女的水彩自画像，手机上的日期时间分外醒目：2018 年 4 月 25 日 8：30。

一瞬间，她的脑海中浮现出观花阁包厢门上的液晶屏……

她猛地想起来，不久前她明明在夜探观花阁，意外地闯进一间贴有蓝瑛海报的包厢里，随后莫名掉进了一束白茫茫的光里，等她睁开眼睛情况就变成了现在这样！

对了，宿原溪！

她掉下来的时候还拽住了他的衣服，怎么现在不见他的影子？

在辛安发呆的空当，许定修还在念个不停："不过我看你是该好好休息一下，你看你的眼睛下面都有黑眼圈了，作为一个少女偶像这是绝对不允许的噢！蓝瑛，你可是我们星萌Ⅱ重点培养的学员，待会儿回去就敷个眼膜睡一觉吧……"

辛安从震惊中回过神来，敏感地抓住了许定修话中的关键："你说什么？"

"作为一个少女偶像，不能有黑眼圈……"

"不不不，"辛安急切地一把揪住了许定修的领带，"后面那一句，我是什么？"

"你是我们星萌Ⅱ的重点培养学员……蓝瑛你到底怎么了，今天你很不对劲啊！"

许定修关切地坐直了身子，辛安缓缓松开手，神情恍惚地说："不，我很好……我没事。"

她的后背沁出冷汗……不对，全都不对。

为什么一睁开眼睛，她的脸就变成了蓝瑛，还成了星萌Ⅱ的学员？

还有手机上的日期时间是怎么回事？明明已经七月了啊！

“小瑛，”许定修误会了辛安的恍惚，“你是不是压力太大了？放心，你是这批四个学员中最有资质的，我相信你绝对可以顺利毕业。”

这时大巴车开进了星萌Ⅱ基地的大门，许定修率先站起身来。

“走吧，一起进去，我已经提前通知大家在大厅集合了。”

见许定修没有心情再理睬自己，辛安也只能站起身跟在了他的后面。

星萌Ⅱ基地的大厅里，有三个漂亮的少女已经在等待，本来她们嘻嘻哈哈地有说有笑，在看到辛安跟在许定修身后进来，都不再说话，看着她的眼神里也充满了不善。

“集合！”

许定修拍了几下手掌，女生们乖乖地站成了一排。她们穿着和辛安同款的红色格子裙，身材窈窕纤细，辛安仔细打量着她们三个，感觉每个人都有不同的特色。站在最左边的那个是标准的模特身材，大长腿，蜜色肌肤加上深邃的轮廓，是个运动系美少女；正中间这个像是个混血儿，皮肤白皙得近乎透明，眼睛也是冷漠的灰蓝色，面无表情；而站在最右边的则一脸甜美的笑容，栗色的卷卷公主头，精致可爱的长相如同漫画里走出来的女主角。

也许是辛安盯着她们的时间长了，运动少女瞪了她一眼：“看什么看？”

听到这个声音，辛安难以抑制地露出了惊讶的神情……运动少女的声音正是上次她在洗手间门外听到的那个很害怕的低哑女声！

“蓝瑛，你也归队吧。”许定修转过头笑眯眯地对辛安说。

辛安按捺住心底的震惊，朝队伍的最左边走去，可没想到运动少女忽然伸出一条腿，辛安下意识地跳了过去，引起一阵哄笑。

许定修不满地看了一眼运动少女：“樱哲，你是小学生吗？不要这么幼稚！”

旁边甜美少女再次笑出声，运动少女看向辛安的眼神更加凶狠了，辛安眯了眯眼睛，一言不发地站在了她身边，听许定修交代起工作来。

“告诉大家一个好消息，”许定修兴致昂扬地说，“今天蓝瑛去录音棚录新歌时，恰好碰到了当红歌手韩曜的经纪人，他对我们星萌Ⅱ学员的才华非常欣赏，所以邀请大家明天一起为时尚杂志《STILL》拍摄封面！”

一时间，三个女生的目光就像探照灯一样汇聚到了辛安身上，辛安下意识地觉得不安，还没等她反应过来，响起的几声稀稀拉拉的掌声就打断了她的思绪。

3

许定修离开后，气氛一下子陷入沉寂，女生们谁也不说话，相互看了一眼后，转身走进了电梯。辛安不知道自己该去哪儿，索性也跟着她们一起走了进去，电梯门刚关上的一刹那，一记粉拳忽然从辛安的左边袭了过来。

“你干什么？”辛安一把接住拳头。

她转过身，挥拳的果然是那个运动少女。

运动少女震惊地瞪大眼睛看着辛安，旁边两个女生也似乎完全没想到，露出吃惊的神色。

“你……你是怎么做到的？”

怎么做到的？

辛安本来就是跆拳道高手，感觉到耳边有风声时就知道有人要袭击自己，不过现在顶着一张蓝瑛的脸，她也没办法解释这种奇异的改变。

“先回答我的问题，为什么要打我？”

辛安用力攥住运动少女的拳头，目光不经意间往头顶的监控摄像头瞥了一眼，运动少女不信邪地去掰她的手指，却很快露出了痛苦的表情。

“打你需要什么理由？谁让你那么出风头！”运动少女终于憋不住了，涨红了脸大吼，“蓝瑛，别以为你是总监找来的关系户，我就会怕你！如果你害我毕不了业，我绝对不会放过你的！”

“我害你毕不了业？”辛安一脸认真地看着女生，“你经常打我吗？每次都揍肚子是因为这样很疼，但不会留下任何伤痕吗？你现在已经满十八岁了吧，应该知道这是犯法的，可能会坐牢的吧？”

辛安发现运动少女非常敌视蓝瑛，而另外两个与蓝瑛的关系也绝对说不上好，毕竟眼看一场暴力事件就要在电梯里上演，她们连提醒和阻拦的意思都没有。

“你在开玩笑吗？”运动少女的蜜色肌肤被气得泛红，“你现在是反抗我？你想和我打架吗？”

“怎么？不可以吗？你又打不过我。”辛安一下子松开拳头，运动少女顿时趔趄了半步。辛安的目光一寸寸扫过另外两个女生的脸：“我知道这座电梯里的监控摄像头是坏的，但是你们难道不知道手机也可以录视频吗？”

“啊！我又没……没欺负你……”

甜美少女害怕地缩了缩肩膀，而另一个冷漠女生则目不转睛地盯着辛安，似乎第一天认识她似的。

辛安心中的愤怒像火焰一样熊熊燃烧着，她攥紧拳头在三个人面前挥了挥：“所以你们以后最好不要惹到我，按电梯吧。”

兵不血刃，三两下解决掉电梯危机后，辛安跟着其他三人一起来到了休息区，在这里，她不费吹灰之力就找到了自己的房间。

“蓝瑛。”辛安看着白色房门上的门牌，轻轻地念出上面的名字。

事情变得越来越诡异。

这不是梦，她不但和蓝瑛长着一模一样的脸，而且许定修和其他练习生都把她当成了蓝瑛！

推开门，映入辛安眼帘的超梦幻少女卧室让她就此呆住了——白色蕾丝的公主床，宛若牛奶般丝滑的床单，薰衣草紫的枕头……最令人惊讶的是，整个房间的四面墙壁全都挂满了大大小小的水彩画，有可爱的黄色小熊和气球，有灯火阑珊的都市街头，还有漂亮的郁金香花田……

看得出来，这些画都出自同一个人之手，这位画家浪漫而细腻，画出来的东西轻盈飘逸，带着朦胧的希望与憧憬。

“哇，总共四十二幅……”

辛安数了数这些画，不由得咂舌，她的脑海中掠过那张画着紫阳花的纸片，之前搜索蓝瑛的视频时，她曾看到蓝瑛说过自己的爱好是画水彩画。

除此之外，蓝瑛的房间里还有一张书桌，上面放着一本台历和笔记本电脑，台历上密密麻麻地圈着用各种颜色的记号笔画的圆圈，还随手写着许多文字。

4月1日，愚人节，我居然被星萌Ⅱ选上，成为明星学员！太幸运了，这真的不是玩笑吗？

4月15日，听总监说钟仪会好多种乐器，我得找个机会请教请教她。唉，可惜她好高冷，都不理我。

4月28日，唉，上次忘了江暖的生日，还被李樱哲教训了一通，今天买个蛋糕补上吧。

看来李樱哲、江暖、钟仪就是那三个女生的名字了。辛安拿起日历，暗自揣测。

这些字迹都圆圆的，十分可爱，与辛安一板一眼、十分工整的字体大相径庭。

“难道我真的变成蓝瑛了？”辛安还是无法相信。

她立马坐到桌前打开笔记本电脑，笔记本电脑没有设置开机密码，电脑桌面上放着许多视频，全都是蓝瑛平时的练习录像，有她在弹琴唱歌的、跳舞演戏的，和一些她在录音棚里编曲的花絮……

辛安坐在椅子前，清晨带着些许暖意的阳光落在她的身上，肌肤上却冒出一层鸡皮疙瘩。

难道……她现在正在电影的世界里，体验着蓝瑛两个月前刚来到星萌Ⅱ学院的经历？

干坐着等不是辛安的风格，她发挥搜证的精神把整间屋子翻了个底朝天，但并没有找到什么有用的线索，她把这台笔记本电脑上的每一个文件夹都打开看了一遍，除了发现很多搞笑的韩剧之外，还有一个藏得很隐蔽的文件夹。

她点进去一看，里面只有一个文档，被命名为“少女日记”。

“日记？”

顿时，辛安来了精神，直觉告诉她，自己要找的东西就在这里面，当她用鼠标双击了文档之后，跳出来一个灰色的对话框。

请输入密码。

“这……”

她一下子犯了难……居然还要密码?

4

混混沌沌地过了一天，直到晚上睡觉时，辛安躺在软得过分的床上，还是忍不住胡思乱想着。

她真的不是在做梦吗？怎么会有这么神奇的事？

奇怪的观花阁私人影院，诡异的“消逝的蓝宝石”海报……为何在进入影院包厢后，她就变成了另外一个人？

还有宿原溪……

辛安翻了个身，忽然被口袋里硬硬的东西硌到了，她伸手一摸，发现是那张蓝瑛塞给自己的黑色卡片……她盯着卡片看了好几秒钟，总觉得有什么地方不对劲，又说不出到底是哪里不对。

算了，之后再查。她重新把卡片塞回口袋。

看着窗外满天的星光，微醺的春风吹来花香，难以想象，她居然又从炎热的夏天回到了温暖的春天……

辗转反侧间，辛安稀里糊涂地睡着了，她做了一个乱七八糟的梦，梦里蓝瑛穿着白色连衣裙，黑发如瀑，脸色苍白地朝她伸出手。

“你想让我做什么？”

梦中的辛安焦急地问，她上前一步，想要握住蓝瑛的指尖，结果还没碰触到，一阵狂风大作，蓝瑛飞扬的裙摆瞬间化作点点殷红的花瓣，消失在天地之间。

“帮帮我……”

消逝前一秒，蓝瑛喃喃地说了三个字。

辛安蓦地睁开眼睛，窗外已经大亮，这么多年来第一次，她居然睡过了晨跑的时间。

她还记得今天要和其他三个女生一起参加杂志的拍摄，于是赶紧爬起床洗漱收拾一番，随后慌忙出门。她花了好一会儿才找到餐厅，这里已经有不少工作人员在用餐了。自助餐台上摆满了各色各样的美食，虾饺、意大利面、草莓蛋糕……她刚拿起一份黑椒牛柳意大利面，旁边就伸出一只手按住了她。

“你怎么能吃这么多？”

辛安转过头，被许定修铁青的脸色吓了一跳，他今天穿着白衬衣配紧身皮裤，腰上还挂着铆钉装饰链，看得出这算是比较隆重的装束。

“今天你可是要去拍杂志封面的，你知道其他几个人都吃什么吗？”

辛安下意识地摇摇头，许定修更加咬牙切齿了，他伸出两根手指：“水煮白菜！她们每个人都只吃了两片水煮白菜叶！”

“这么少吗？”辛安感觉整个人都不好了……

当女明星真辛苦啊！

可怜巴巴地吃完几片水煮菜叶后，辛安与许定修一起坐上公司配的商务保姆车，前往《STILL》杂志的摄影工作室。摄影工作室所在的办公楼正处于半装潢状态，一层大厅非常空旷，楼梯旁边的壁画正在重新粉刷装潢，地上摞了好几袋水泥，还有零零散散几块砖头被放置在一边。

两个人走进摄影工作室里，摄影工作室有一整面墙都挂着合作过的明星杂志硬照，许定修和颜悦色地对辛安说：“等你们从星萌Ⅱ毕业以后，这里也会挂上你们的照片，之后你们的师妹都会很仰慕你们。小瑛，你可要好好给她们做出榜样啊。”

经过一晚上的心理建设，辛安已经坦然接受了蓝瑛这个新身份，也许是受到了昨天晚上那个梦的刺激，她觉得既然来到了这里，就必须得做点儿什么才行。

摄影师和化妆师已到场工作，李樱哲她们也早就换好衣服，在单反相机面前摆出各式各样的造型。

辛安仔细辨认着三个女生，那个身材最好的运动少女是李樱哲，和她有说有笑的甜美女生应该就是江暖，而那个灰蓝眼睛的混血少女，应该就是蓝瑛台历上所说的很高冷的钟仪。

“啧啧，居然来这么晚。还没红呢，就会耍大牌了……”李樱哲鄙夷地嘲讽道。

许定修瞪了李樱哲一眼，把辛安推给了化妆师：“快，给她化妆换衣服。”

本来蓝瑛长得就很灵秀，身材窈窕清瘦，服装师给她挑了一条设计精巧的蓝色镂空连衣裙，纤细的腰身没有一丝赘肉，背后镂空花朵的设计展示出她优美的蝴蝶骨，配上精致的妆容，很快，一个清丽脱俗的美少女就横空出世了。

“很好，开始拍集体照吧。”

《STILL》杂志的摄影师满意地打量了辛安几眼，辛安按照许定修的指示，站到了摄影工作室的布景前。

李樱哲穿着一身波点网球裙，手里拿着一个粉色的网球拍当道具，她故意往前走了好几步，大方地展示着自己的曼妙身姿。

“那个女生，你往后站一点儿。”摄影师抬起头，不满地做了个手势，“你一个人把整个镜头都占完了。”

李樱哲只得往后退了几步，她不小心踩到辛安的脚，反倒狠狠地推了辛安一把。

“你站旁边一点儿。”李樱哲怒气冲冲地对辛安说。

辛安耸耸肩，无所谓地让到了旁边。

拍摄时，摄影师不停地指导着她们“不要笑得露出牙齿”“姿态优雅一些”“脚微微踮起”。辛安早上没吃饱，只觉得自己的胃里在打小鼓，完全提不起精神摆姿势。也不知道是有意还是无意，渐渐地，她被其他三个女生越挤越偏，几乎离开了布景。

“这样不行，”许定修看了照片非常不满意，指了指辛安，“你站到中间来。”

众目睽睽之下，辛安只好听从安排，走到了布景中间。

重新开始拍摄，室内不断响起摄影师对辛安的赞不绝口，她那没吃饱的臭脸被摄影师解读成一种慵懒的风采。

“再来一张！太美了，就保持这个姿势不要动。”

“目光再迷离一点儿。对，就这样！”

李樱哲不死心地还想要抢镜头，刚用网球拍遮住辛安的脸，摄影师就不高兴了：“你是怎么回事？这样挡住别人的脸拍出来的照片能看吗？还有，我们《STILL》杂志的主题是文艺浪漫风格，你这身运动装束根本与主题不搭，你到底有没有看过我们的杂志？”

李樱哲被训，许定修不仅没有帮忙劝阻，还跟着附和道：“还不快往后退？”

李樱哲被训得脸一阵红一阵白，只得不甘心地退到了布景的一角。江暖安抚地摸摸她的手臂，悄声说：“小樱，别生气啦，现在在总监眼里，蓝瑛可是最重要的宝贝呢！听说明天有个电影试镜已经定了让蓝瑛去，你还是好好巴结她吧……”

“什么？让我巴结她？休想！”

李樱哲的脸上露出愤恨与不甘的神情，她精心地准备也吸引不了摄影师的视线，蓝瑛一脸无精打采却备受青睐……这种结果，她不服！

5

拍摄结束后已是傍晚时分，玫瑰色的云霞低低地坠在枝头，将树上纯白的樱花都染成了淡淡的绯色，看到这一幕，辛安恍惚了好久才反应过来现在是春天。

准备收工时，许定修笑容满面地走到她面前：“小瑛啊，我有个好消息要告诉你！”

其他三个女生嘴上没吭声，但全都竖起了耳朵，辛安莫名其妙地抬起头，忽然迎来一个热情的熊抱，许定修握着她的肩膀，清秀的脸笑得像朵花。

“你的机会来啦！你知道大导演曹星星吗？”

辛安一脸茫然，曹星星？她当然知道，他不就是那个二十年前就红遍全国，拍什么火什么的大导演吗？和她有什么关系吗？

但是看到旁边三个人仿佛冒出火的眼神，辛安明智地没有说话。

“曹星星看过你的原创唱歌视频后，发来了一封邀请函！”许定修激动地拍着辛安的肩膀，“他要拍一部都市题材电影，特地邀请你去试镜女主角！记得好好把握，这可是曹大导演啊！”

辛安愣住了。

她想起来蓝瑛在坠楼之前，的确是参与拍摄了曹星星导演的电影《甜蜜三次方》，可还没等电影上映，就发生了惨案。按照时间来推算，蓝瑛参与试镜应该就是这两天发生的事，难道自己来到这个神奇的地方，所经历的一切奇妙的事，都是蓝瑛吗？

“怎么，高兴傻了？”许定修松开辛安，眉开眼笑地叮嘱，“试镜时间定在周末，这一周你什么训练都不需要，只要专心做好一件事，那就是熟悉曹导演之前的所有作品，包括台词、动作、走位……知道了吗？”

“明白了。”

辛安点点头，抬起眼睛时她捕捉到三个女生的神情。钟仪还是一贯的冷淡，正收拾自己的东西准备离开。而江暖用一种奇怪的眼神看着自己，见自己看过来，慌忙挤出一抹笑容。至于李樱哲脸上的嫉妒则完全不加掩饰，看着自己的目光就像是被抢走了宝物。

卸完妆，辛安打算去餐厅吃晚饭，好好慰劳慰劳自己饿瘪了的肚皮，办公楼一层有一家餐厅，离开摄影工作室后，她径直往通往一楼的螺旋楼梯走去。

刚踏出一步，辛安忽然觉得背后一阵凉意，电光石火间，她瞥到光可鉴人的大理石扶手上映出身后李樱哲扭曲的脸庞。

李樱哲正伸出两只手，似乎打算悄悄从背后推她。

“啪！”辛安猛地转过身，抓住了李樱哲的手，“你想干什么？”

辛安的声音分贝很高，整个一层大厅里的工作人员顿时齐刷刷地看过来，李樱哲的脸“唰”地一下白了，她身后的江暖也吓了一跳。

“怎么了，怎么了？”刚出摄影工作室的许定修闻声跑过来一看，立马明白了。

“李樱哲！”许定修生气了，“你这是要干什么？”

“我……我……”李樱哲被抓了个现行，脸由白变红，涨得像个番茄。

许定修严肃地看着她：“李樱哲，恶意伤害同伴、不正当竞争在我们星萌Ⅱ是不允许的，你在动手之前没有想过会有什么后果吗？”

“总监！小樱她不是故意的，而且辛安不是也没受伤吗？”江暖急忙替李樱哲求情，“您就原谅她一次吧？她以后再也不敢了！”

许定修还没有开口，一道干净清冽的女声响起：“根据《刑法》第384条，故意伤害他人身体的，处三年以下有期徒刑、拘役或者管制。”

“胡说！我根本没有打算伤害你！”李樱哲慌忙辩解。

辛安压根不理睬她，继续往下说：“致人重伤的，处三年以上十年以下有期徒刑；致人死亡或者以特别残忍手段致人重伤造成严重残疾的，处十年以上有期徒刑、无期徒刑或者死刑。”

许定修目瞪口呆地看着辛安：“小瑛，你……”

“李樱哲，如果我真被你推下去了，轻则脸着地毁容，重则摔下楼梯丧命，”辛安抬起白皙的小脸，黑白分明的眼睛认真地看着李樱哲，“这里所有人都能看到你推我，你有没有想过这个后果？”

蓝瑛倒在血泊中的身影从脑海深处浮现，辛安的心底升起一股无名的怒火。明明只是一个柔弱的少女，每天却要遭受同伴的暗算。蓝瑛真是活得太憋屈了！

李樱哲的气势彻底被击垮了：“我不是，我没有……”

“好了，李樱哲，从明天开始关你禁闭，每天训练完后去义务劳动两个小时。”许定修头痛地宣布了对李樱哲的处置，装作没看见她乞求的眼神，“除非小瑛原谅你，否则学院的任何商业活动你都不许参加。”

“怎么这样……不要啊！”李樱哲伸手去拉许定修的衣袖，被他一下子挥开了。

“还有一件事。”辛安打断李樱哲的话，转过身，用力往下一劈——

“砰！”

楼梯旁摞在一起的五块砖一下子应声而裂，在场所有人都惊得瞠目结舌。

“哇！”

“那可是砖唉……”

许定修震惊地上下打量着辛安，他没想到看起来娇小文静的蓝瑛竟然一出手就能劈裂五块砖……

现在的女生都这么厉害吗？

“都说了不要再惹我，再有下次，就别怪我不客气！”辛安向她们发出最后警告，气势汹汹地离开了。

就在转过身的一瞬间，辛安疼得立刻龇牙咧嘴起来。

妈呀，她的手不会骨折了吧？虽然战斗反应还在，但蓝瑛这副小身板可不是她原来那跆拳道黑带的身体啊！

6

“嘟……您拨打的电话号码是空号。”

抱歉，未找到“佳嘉大魔王”相关结果。

抱歉，未找到“小飞侠阿旭”相关结果。

电话里传来阵阵忙音，电脑屏幕上，一行行“查无此人”的灰色字迹也让人心灰意冷。这些天，辛安一直尝试着找到齐佳嘉，却怎么也联系不上她，而且世界上竟然根本没有辛安这个人。

“怎么会是空号呢？到底哪里搞错了？”

辛安百思不得其解，又不死心地试了其他人的电话，谭旭的、谭旭爸爸的、齐佳嘉爸爸的……她甚至连左泽的电话都打了，但没有一个号码能接通。之后，她又在网上搜索大家的微博ID，每次都得出“查无此人”的结果。

怎么会这样？

她呆呆地坐在椅子上，无边的荒谬感像潮水一般将自己淹没。来这个地方已经两天，辛安从未有过这么惶恐不安的时刻，所有的朋友，和自己有关联的人仿佛一夜之间都蒸发了，这究竟是怎么一回事？

接下来的好几天，辛安都过得浑浑噩噩，虽然先前用武力震慑了一下那三个女生，让她们看到自己就绕道走，可也改变不了辛安在这儿没有朋友的事实，她甚至开始怀疑起自己存在的意义。

她是辛安，她从小的志愿就是当一名好警察，而不是少女偶像蓝瑛。

星萌Ⅱ基地的一楼大厅挂着液晶屏幕，偶尔会播放她们练习跳舞的视频，辛安每次经过时都会驻足观看，对她来说，蓝瑛那熟悉的身影是属于陌生人的，是属于已经逝去的女生的人生。

星期五傍晚，辛安吃过晚餐从餐厅出来时，夜幕已经悄悄降临，晚风拂过不远处的月湖，湖水静谧优美。伴随着淡淡的花香，辛安走到走廊的落地窗边，难得地放松自己紧绷的神经。

“呜呜……”

忽然不知道从哪儿传来一阵细微的哭声。

辛安不由得一愣，疑惑地转过身四处寻找，她循着哭声走到了一扇轻掩着的门前，是清洁室。轻轻推开门，一个女生正坐在休息长椅上，手里抓着一把扫帚背对着她伤心地哭泣着。

看到女生的背影，辛安忍不住挑起了眉毛：“李樱哲？”

李樱哲转过脸一看，立刻站起身来：“蓝瑛！你……你怎么在这里？是来看我笑话的吗？”

她的脸涨得通红，警惕地瞪着突然出现在清洁室门外的蓝瑛，蓝瑛并没有像想象的那样嘲笑她，而是慢悠悠地走了过来。

“你是因为被罚劳动太累了才哭吗？”

“才不是！”李樱哲大声反驳，“我又不是小孩子，怎么会因为这个哭？”

“那你是为什么？”辛安从口袋里掏出一块手帕，指了指李樱哲脸上的泪痕，“擦擦吧，眼睛都哭成熊猫了。”

李樱哲准备拒绝，但听到后面那一句，犹豫了一下还是接过了手帕。

她正擦着眼泪，又听见辛安在旁边问：“那你是为了什么哭？我上次教训你已经过了好几天了啊，不会记恨到现在吧？”

“都说了我不会那么幼稚！”李樱哲磨了磨牙，“你懂什么，总监说你不原谅我就不能参加任何活动，现在离八月毕业季只有三个月了，我能不心急吗？”

“毕业季？”辛安白皙的脸上露出一丝迷惑。

李樱哲丧气地垂下头：“每年星萌Ⅱ在八月都会有一次考核，通过考核的学员可以毕业，成为星梦娱乐旗下的签约艺人，我去年已经被刷下来一次了，如果今年再毕不了业，就会……就会被赶回家去。”

“还有这种事……”辛安眨眨眼睛。蓝瑛轻生会是因为无法出道当明星吗？

李樱哲忧心忡忡地说：“你是总监亲自发掘的天才选手，肯定前途光明。而我是四个女生中年龄最大的，错过这次肯定就再也没机会了！”

辛安陷入了沉思。看来蓝瑛并不是因为无法出道当明星而走上绝路的……

“蓝瑛，我知道得罪了你，可是如果这几个月我都不能在公众面前出现，大家很快就会把我忘记，到时候我就不可能毕业了！”李樱哲哭得稀里哗啦，脸上精致的妆容被泪水冲得花花绿绿的。

辛安看着她沉默了一阵，终于忍不住开口：“别哭了，明天试镜你跟我一起去吧。”

“啊？”李樱哲抬起头，一脸迷茫。

“我说，明天那部电影的试镜，你和我一起去吧。”辛安叹了口气，“你不是说害怕毕不了业吗？我今天原谅你，明天遇到导演，你自己好好把握。”

李樱哲的眼睛一亮，一把握住辛安的手：“真……真的吗？你真的肯带我去？”

“嗯，演戏我不太行，我觉得你比较适合。”

辛安说的倒是真的，她原本就对演艺没有任何天分，而且她来到这里的使命也只是寻找蓝瑛轻生的原因，无论电影女主角是另外三个女生中的谁，都要比自己适合得多。

“蓝瑛……”李樱哲的眼圈被泪水冲得黑乎乎的，看起来十分滑稽，她抓着辛安的手满脸愧疚，“对不起！我第一次见你就害你的手受伤……你还不计前嫌，我以前真不该那么欺负你！”

“手受伤？”

辛安霎时想到之前她看到蓝瑛的粉丝发帖说蓝瑛刚来星萌Ⅱ学院时右手有瘀青，心中猛地掀起了惊涛骇浪。

原来蓝瑛从一进星萌Ⅱ学院就开始遭到同伴们的排挤！

第五章

近似于海水的蓝

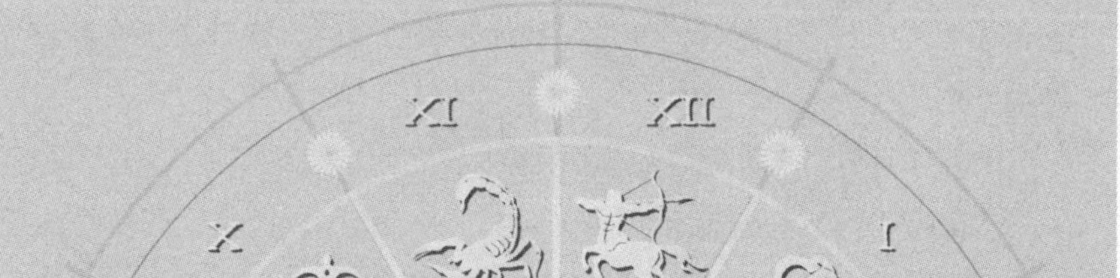

1

辛安还想追问关于蓝瑛的事情，口袋里的手机就响了起来，“嗡嗡”的振动声伴随着夸张的电子音乐，吓得她一抖。

“动次打次……”

蓝瑛听歌的品位，只能说很奇特了。

“喂？”辛安一脸尴尬地按下接听键。

电话里传来许定修兴奋的声音：“快！小瑛，来一楼大厅，有个很重要的人想见你！”

挂掉电话，辛安只觉得莫名其妙，许定修兴冲冲地打电话过来，又卖关子不肯说“重要的人”是谁……现在已经是晚上八点了，来的人难道是蓝瑛的家人吗？

怀着忐忑不安的心情，辛安拖拖拉拉地下了楼，发现这个时间的一楼大厅居然灯火通明，就连音乐喷泉都开了起来，喷泉溅起的水花在莲花水晶灯的照耀下，一颗颗晶莹璀璨，仿若钻石。

许定修早就带着十几个工作人员等候在楼下，大家熙熙攘攘地挤在一起不知道在围观谁，见到辛安从电梯里出来，他立马殷勤地迎了上去。

“怎么来得这么慢？来，我给你介绍一下。”

许定修笑容满面地示意大家让开一条道，一个高大的男人出现在辛安面前，他的脸精致俊美，一双修长的眉毛斜飞入鬓，鼻梁高挺，狭长而有气势的丹凤眼眸光如炬，被他紧紧盯着时，感觉连心脏都会停跳一拍。

他凝视着辛安，薄薄的嘴唇紧抿着。

“宿原溪！”辛安惊讶地脱口而出。

宿原溪仿佛变成了另一个人，他身着宝蓝色工装外套，笔直的双腿包裹在白色破洞裤中，洒脱不羁中又带上了三分华贵优雅，要不是见过他在街头骗人时不修边幅的模样，辛安还真以为是哪个光芒四射的大明星站在了自己面前。

许定修笑容更灿烂了：“看来不用介绍了，谁不认识他呢？原溪可是现在最当红的男明星！”

再见到宿原溪，辛安心情十分复杂，既觉得亲切激动，又觉得惶恐警惕。在这个陌生的地方，她找不到任何与自己有关的人和事，宿原溪的出现终于让她高悬的心有了一丝安定。可他什么时候成了当红男明星？

这到底是什么情况？

宿原溪意味深长地往前走了一步，朝辛安伸出手：“你好，幸会。”

见辛安站着一动不动，许定修凑到她耳边悄声说：“曹导演那部电影的男主角就是宿原溪，他可是曹导演一手捧起来的红人。听说是他指明要找你演女主角，这次试镜的机会才会落在你头上……小瑛，你要好好把握啊！”

说着他推了推她的后背：“快！人家跟你打招呼呢。”

辛安被他推得一个趔趄，宿原溪握住她的右手：“小心。”

她抬头瞥了宿原溪一眼，目光流转间，宿原溪弯起薄薄的唇勾起一抹优美的笑。恍惚之中她有了一种莫名的感觉，他似乎知道她是谁。

趁着握手，宿原溪凑到她耳边：“又见面了，辛安小姐。”

果然！

辛安猛地抬起眼睛，两个人心照不宣地交换了一个眼神，她转头看向许定修：“总监，关于明天电影试镜，我有几个问题想要问问宿原溪。我能请个假和他出去单独聊一会儿吗？”

“这……”许定修为难了两秒，终于还是被辛安脸上的坚决打败，“好，你们去吧。”

许定修鬼鬼祟祟地凑到辛安跟前，声音压到最低：“别走太远，手机带上，万一他要做什么不好的事你就按快捷键 1，我马上来救你。”

辛安“扑哧”一下笑了出来，小脸上露出了两个小梨涡：“嗯！我会的！”

本来她对许定修并没有好感，毕竟蓝瑛是星萌Ⅱ的学员，她在这里遭到其他人的欺凌，身为负责人却不闻不问，在她看来这是助纣为虐的行为……可现在看来，他似乎是个好人？

辛安跟在宿原溪身后静静地走出了星萌Ⅱ基地的大铁门，一前一后来到月湖之畔。湖水波光粼粼，皎洁的月光倒映在其中，微风一吹，仿佛有一把剪刀将月光裁成几段，闪烁动人。湖边的青草与野花送来阵阵幽香，沁人心脾。

湖边有几棵参天大树，树叶茂密，树身要两三个人才能合抱起来，是一处乘凉的好去处，辛安就在树下停下了脚步。

“你怎么认出我来的？我现在可是顶着一张蓝瑛的脸。”

今天只是个寻常的日子，并没有娱乐记者和粉丝蹲守在外面，也方便了辛安和宿原溪交谈。

宿原溪转过身，挺拔的身形如同青松：“这个你不需要管，我看你现在也很适应蓝瑛的生活嘛。”

“因为你是观花阁的老板，所以能认出我？”辛安大开脑洞，“蓝瑛的自杀，我变成蓝瑛，还有你变成明星，这一切是不是都和观花阁有关？”

“跟我回去吧。”宿原溪没有否认，过了好一阵才开口。

他的声音悦耳低沉，好像具有蛊惑人心的魔力，辛安微微一怔：“什么叫跟你回去？回哪儿去？麻烦你解释一下现在的状况。”

“我只能告诉你，”宿原溪冷冷地说，“这不是属于你的世界，普通人绝对不能在另一个世界超过三个月，不然你一定会后悔的！”

“你这话什么意思？你是说，我们现在所在的世界，并不是我们原来的那个世界？”辛安被宿原溪的话搞得一头雾水，不过她从宿原溪的言语中也猜测到了一些蛛丝马迹。

宿原溪又不说话了，看样子是打定主意不告诉她了。辛安眼中透出一抹倔强：“不说就算了。不过我不能跟你回去，我还没搞清楚蓝瑛为什么要轻生。”

“你！”宿原溪蹙起了乌黑的眉头，“要是你知道继续待下去会有什么后果，就不会想留下了！”

“是吗？”辛安看了他一眼，不服气地说，“那你就告诉我啊！”

“我不能说。”宿原溪重新闭上了嘴巴。

“你什么都不告诉我，凭什么要我回去？”

“你就算留在这儿，也不会成为明星，走上人生巅峰，相信我！”

辛安怔愣了一会儿……原来宿原溪认为自己想留在这里，是为了成名和虚荣？

她摇摇头：“我不是为了名利留下来的，而且，你现在的做法叫我如何相信你？”

“你必须相信我！”

“为什么？”

两个人的声音越来越高，惊起夜栖在大树上的鸟儿，小鸟扑棱着翅膀飞远，辛安只觉得自己的一腔怒火久久不能平息。

“蓝瑛去世以后，你都不会做噩梦吗？”她盯着宿原溪的眼睛，“我每天都在做梦，梦见她坠楼的样子，她跟我说让我帮帮她。”

看到辛安流露出来的脆弱，宿原溪一下子愣住了。

2

如水的月色下，宿原溪的俊颜仿佛笼罩了一层寒冰，他紧闭着嘴唇，幽暗的目光里仿佛有暗潮在涌动，也不知道是不是辛安看花了眼，她只觉得好像有一抹暗金色从他的眼底掠过，很快又消失不见。

“她已经死了。”宿原溪的声音低沉，听起来十分疲惫，“你帮不了她。”

“那起码，我也要查清楚她自杀的原因。”辛安坚定地说，“这几天我过着蓝瑛的生活，发现她虽然一直被其他女生欺负，却很积极向上，热爱生活。她画了很多色调温暖明亮的画，绝对不是一个会轻易求死的女生。”

“我要弄清楚到底是什么把她逼上了绝路。”

也不知道是哪句话刺激到了宿原溪，辛安的这番话不但没有让他感动，反而让他更加暴躁。他一扫平常的优雅：“我都说了，你帮不了她的！你怎么就是不听呢？”

“我不会回去，”两个人谁也说服不了谁，辛安鄙视地看着他，“而且不只是蓝瑛，我总有一天也会调查出严佩云的真正死因！”

当“严佩云”这个名字说出口时，宿原溪的神色一下子变了，他突然抓住辛安的衣领，失控地把她抵到大树上。

“你说谁？”

“严佩云！”辛安硬着头皮喊。

“你再说一遍试试？”

宿原溪的手修长有力，用力揪住辛安的衣领，快让她喘不过气了，但她还是死死地瞪着他，一字一顿：“严佩云，我说我要调查严佩云死亡的真相！”

“你……”

宿原溪的眸光一暗，脸上的神情仿若择人而噬的野兽，他一点点俯身过来，让辛安的心脏越跳越快。

他想干什么，他不是想杀人灭口吧？

就在辛安脸憋得通红，险些窒息时，不远处传来一个惊慌失措的清脆女声。

“你们在干什么？”

“听说了吗？大新闻呢，蓝瑛居然和那个大明星宿原溪有特殊关系！”

“当然听说了，现在基地里都传得沸沸扬扬，说是宿原溪特地来探班蓝瑛，然后两个人在月湖边的树林里接吻了。”

“这么劲爆？不过想想也难怪，她这次的女主角试镜也是宿原溪推荐的，原来是早就和大明星搭上了关系。”

早晨在餐厅里，辛安第一次感受到了身处“风口浪尖”的滋味，目之所及，所有人都在好奇地抬头打量自己，想要看看她这个“大明星的女朋友”有什么特别之处。

真是被宿原溪害死了……辛安郁闷地点开手机屏幕，一边吃三明治一边搜索起宿原溪的资料来。

昨天晚上宿原溪把她抵在树上的那一幕，居然被在月湖边散步的江暖和钟仪撞了个正着，宿原溪为了掩饰失态，居然直接揽住了她的肩膀，假装两个人很亲密的样子，把江暖和钟仪惊得目瞪口呆。

结果她一觉醒来，流言已经满天飞了。

啊啊啊！当时她怎么会蒙在原地，没有给这个家伙一拳呢？

辛安心里郁闷极了。

这个世界的宿原溪虽然才二十六岁，但已经出道了十几年，他年少成名，一路顺风顺水，演什么红什么，社交平台坐拥几千万粉丝，是当之无愧的人气之王。

“街头骗老头老太太钱的家伙，居然是这个世界的大明星，这家伙挺厉害的嘛……”

辛安情不自禁地感叹了一句，她忽然顿住了——

等等！为什么她来到这里就变成了已经去世的蓝瑛，宿原溪却还保留着自己原本的名字和长相，只是改变了身份？

难道，这是观花阁老板的特殊能力吗？

吃过早餐，许定修刚领着辛安走出星萌Ⅱ基地的大门，就看到穿着一身亮丽的橘色连衣裙的李樱哲站在门外等候，站在她身后的江暖着一身粉色公主裙，讨好地朝辛安挥手打招呼。

“嗨！”

许定修奇怪地问两个人：“你们在这里干什么？”

“没……没什么……”李樱哲支支吾吾。

一旁的江暖机灵地接过话头：“那个，之前跟小瑛说好的。她说可以带我们一起去看看怎么拍电影……”

“小瑛？”许定修一脸怀疑，“你们什么时候关系这么好了？”

“这个……”李樱哲答不上来，向辛安投去求救的眼神。

“喀喀，没错，是我要带她们过去的，”辛安主动开口替李樱哲解围，“我们都还没见过怎么拍电影呢。”

“那好吧，你们到时候可别乱动东西惹导演生气。”

见许定修松口答应，李樱哲和江暖都松了一口气，相较她们两人的盛装打扮，没想要出风头的辛安随便穿了一件朴素的黑色风衣，脚踩着白色帆布鞋。

平心而论，蓝瑛的五官并不耀眼突出，特别是辛安不会化妆，顶着一张素净白皙的脸就出门了，然而她的无心打扮让未施粉黛的她如一朵纯净的百合花，有种脆弱纤细的美。

这天的天气不错，阳光明媚，碧蓝的天空万里无云，黑色保姆车平缓地在路上行驶着，辛安和李樱哲坐在最后一排，她拿着试镜剧本小声和李樱哲聊天，江暖和许定修坐在了前排，一路有说有笑。

辛安压低声音：“你看过剧本了吧？今天试镜是一场武打戏，到时候我会找个机会假装受伤，然后跟导演说让你试试，剩下的我就帮不了你了。”

“嗯嗯，”李樱哲紧张地点头，“除了吊钢丝没办法练习之外，其他的武打动作我昨天晚上已经练习过好多次啦！”

两个人偷偷约定好后相视一笑，辛安的心中也放下了一块大石头。

很快，车子就开到了市郊，试镜的地点就在这里。

按照剧本，蓝瑛要拍的是女主角出场的镜头，这部电影中的女主角是一位武术高手，阴差阳错当上了一位小白领，然后在出场的第一分钟救了差点儿被飞来花盆砸中的男主角，引起了众人的注意。

“你行不行啊？”许定修比辛安还要紧张，不时擦擦汗，“这可是高难度动作，必须要一次成功！”

今天宿原溪没有来，只有曹导演和其他工作人员在，曹导演是一位红光满面的胖爷爷，他戴着一顶画家帽，和蔼地和辛安她们打过招呼后，就满脸严肃地坐回了摄像机前。

“准备好了吗？我们开始吧。”

“好的。”

辛安点点头，不动声色地观察着周围的环境，前方不远是一栋造型现代的白色大楼，也是特地为这部都市题材电影设计的艺术建筑，待会儿她就要从三楼飞身跳下去，抓住事先准备好的绳子，扑倒男主角……

“呃……”

想想男主角是宿原溪，辛安就浑身不自在，幸好她一开始就计划好让李樱哲拍这部电影，要不然和他演情侣，光想想她就觉得可怕。

辛安正出着神，身后忽然传来江暖惶恐的喊声：“啊！樱哲，你在干什么？”

她诧异地转过身，一抹亮丽的橘色映入眼帘，李樱哲不知道什么时候爬上了三楼，正自顾自地预演着，她对着空气指手画脚的样子十分滑稽，让辛安一下子石化在了原地。

“这女孩在搞什么？”

“她也是来试镜的吗？今天明明只邀请了一个人啊！”

工作人员议论纷纷，曹导演一点儿都没生气，反倒笑了起来：“也好，试镜本来就是能者居上，多来几个竞争演员，对电影来说是好事。”

辛安的神情变得很复杂……明明已经和李樱哲约定好了，她到时候会假装受伤，把试镜的机会让给李樱哲，没想到李樱哲却抢先独自爬上三楼。

这和她们说好的不一样啊！

“总监，您快想想办法呀！”江暖双手揪着裙摆，甜美的脸蛋上满是惶恐和焦虑。

许定修额头上的冷汗越流越多，他气急败坏地对着三楼的李樱哲大喊：“李樱哲！你在搞什么？快给我下来！”

李樱哲明艳的脸上掠过一丝愤恨，为什么自己拼命在争取机会，却总有人来破坏？

她固执地对着空气继续演下去，说完最后一句台词后，一咬牙，奋不顾身地朝下一跳！

“不要！”

“我的天啊！她都没吊钢丝！”

工作人员的惊叫声此起彼伏，辛安情不自禁地往前冲了几步：“李樱哲！危险！”

李樱哲的脸上带着孤注一掷的狠劲儿，大叫一声抓住了从楼上垂下来的绳子，流利地一路从空中荡了过来。

电光石火间，辛安突然明白了，李樱哲从一开始就打定主意抢在自己前面试镜，因为李樱哲从头到尾都没有相信过自己会把女主角让给她！

“哇！”

绳子在空中划出一道弧线，李樱哲在半空中转了一个圈，像舞蹈一般优雅，眼看着这一套动作就要成功，她的脸上也露出了胜利的微笑。

“啪！”

忽然之间，看起来很结实的麻绳一下子断成了两截！

“樱哲！”

“我的天啊！”

这一切发生得太突然，就连向来敏捷的辛安都没有反应过来，等她回过神来时，李樱哲已经摔倒在地上，捂着腿高声痛呼起来。

“有人受伤了！”

“你没事吧？”

大家纷纷围上前，许定修带着两个女生拨开人群跑到最里面，李樱哲的小腿严重擦伤，鲜血淋漓。辛安见状，走向了相反的方向，她捡起掉落在地上的那根断绳，露出一抹深思的神色。

“你……你流血了！”江暖惊叫出声，唤回了辛安的注意力。

“你这丫头，”许定修气得想骂人，但看到李樱哲痛苦的模样，还是忍住了，他一咬牙将她打横抱起，“我先送她去医院，江暖跟我一起来！”

人群乱作一团，江暖跟在两个人身后，目光中满是慌乱。

“我也去！”辛安急忙跟上，没想到许定修却说，“你留下来完成试镜！”

“可是……”

“没有什么可是！”许定修的目光突然严肃起来，认真地凝视着她，“这次试镜只许成功，不许失败！”

辛安呆呆地目送着他们离开，忽然觉得自己身上背负的压力瞬间增加了十倍。

“蓝瑛小姐，”曹导演笑眯眯地看着她，“请开始你的表演吧。”

还能怎么办呢？李樱哲受伤，许定修带着江暖离开，就只剩下她一个人，总不能因为她不想拍电影就搞砸所有人的期待吧？

工作人员换过一根新绳子之后，辛安硬着头皮上了三楼，她干脆利落地完成了从三楼跳跃而下的动作，跆拳道黑带的她从空中飞下来时英姿飒爽，行云流水的动作让工作人员纷纷鼓起掌来。

“不错不错，果然是原溪推荐来的，现在愿意勤勤恳恳练打戏的年轻女生可不多啦。”

在曹导演和工作人员的一片夸赞声中，顺利结束了试镜的辛安独自回到星萌Ⅱ学院，直到下午，李樱哲他们才从医院回来。李樱哲的右腿上缠着一圈圈白色绷带，被江暖扶着，一步一顿地往大厅里艰难地前进。

“怎么样？你还好吧？”辛安赶紧迎了上去。

“不要你假好心！”没想到李樱哲满脸愤恨地把她推开，“蓝瑛，你现在很高兴吧！”

辛安一脸莫名其妙：“我高兴什么？”

“你就暗地里嘲笑我吧！”李樱哲愤愤不平地说，“要不是跟你去那什么倒霉片场，我至于伤得这么重吗？”

“樱哲！”许定修厉声警告。

李樱哲冷哼一声，别过头去：“小暖，我们走。”

“樱哲，你小心点儿。”江暖咬了咬粉嫩的嘴唇，朝辛安扯出一抹抱歉的笑容，扶着李樱哲进了电梯。

许定修皱着眉头，走到辛安身边：“樱哲的腿擦伤面积太大，可能会留疤，所以心里不大痛快。小瑛，你别放在心上。”

说着，他看向辛安的目光里带了些许欣慰：“听说你已经拿下了女主角？恭喜啊！”

辛安无心跟许定修聊天，只是敷衍地搭了几句腔。她目送着李樱哲她们离开，一股怒气从心底升起。

这都是什么事啊？李樱哲自己想抢风头试镜导致受伤，却把责任推到她身上！

不过，李樱哲的伤受得太蹊跷了。

电梯门缓缓地关上，辛安摸了摸光滑的下巴，陷入了沉思——那根绳子断得太莫名其妙，李樱哲摔下来后，她去看过绳子，绳子的断口三分之二处整齐平滑，一看就是被人为割开了。剩下没有被割开的三分之一的绳子，自然承受不了李樱哲的身体重量，因此在半空中骤然断裂。

可是这也说不通啊……这个割断绳索的人为什么要害李樱哲？而且谁能预料得到李樱哲会抢在第一个试镜？

一瞬间，一道白光从辛安的脑海中闪过，她的双眼猛地瞪圆了。

难道……这个人想要对付的目标，其实是自己？

3

拍电影是一件复杂的事，剧本讨论，演员对戏，场景搭建……林林总总的琐事准备好以后，正式开拍已经是半个月后了。

在这段时间里，宿原溪三番四次地想要找辛安单独说话，但因为蓝瑛和严佩云的死，辛安现在把他作为头号嫌疑犯，根本不理睬他的邀约，就算非要和他对戏，也一定要在公众场合。宿原溪根本找不到机会，于是每次见到辛安，他都是一脸暴躁，帅脸阴沉得能滴下水来。

《甜蜜三次方》开机的第一幕在海边，曹导演慷慨地宣布剧组的所有人都可以去玩。听到这个消息，原本在准备器材的小助理们都忍不住欢呼起来。

“哇！待遇真好，居然可以去海边玩！”

“太棒了！拍戏顺便春游，真是福利啊！”

“曹导演万岁！”

晚上，辛安在房间里收拾行李，有人忽然敲门。

“请进！”

许定修穿着一身斑马条纹西装走了进来，手里还提着一个灰色的纸袋，他走到桌边欲言又止，一脸为难的神情。

辛安主动开口：“这么晚了，总监你有什么事吗？”

“是这样的，”许定修犹豫再三还是开口，“这些日子，咱们学院发生了很多事故。樱哲的伤虽然好了，但是大家的情绪都很低迷，所以我决定明天也带星萌Ⅱ所有的工作人员一起去海边玩玩，转换一下心情。”

“这很好啊！”辛安顺口说道，“有什么需要我做的吗？”

“你不生气？”许定修小心翼翼地看着她。

辛安莫名其妙：“我为什么要生气？大家一起出去玩不是很正常的吗？”

“我还以为樱哲得罪了你，你会不想看到她呢……没事，没事就

好！”许定修高兴起来，“对了，还有一件事，我今天是给你送这个来的。”

他从身后拿出一个纸袋递了过来，示意辛安接过。辛安打开一看，发现里面是一个蓝丝绒盒子，她一边打开盒子一边嘟囔：“什么东西？搞得这么神秘……”

辛安的话还没说完就卡在了喉咙里，盒子里居然躺着一整套蓝宝石首饰！

正中间是一条瑰丽的蓝宝石项链，在无数璀璨钻石的烘托下，最中间那颗鸽子蛋般的蓝色宝石宛若碧蓝的大海，美得让人忘了呼吸；在项链的下方，两枚同款蓝宝石耳环，将房间里的白炽灯都折射成银色，珠光宝气，摄人魂魄。

这……这不是她在观花阁包厢门上看到的海报中，蓝瑛所戴的那条项链吗？

蓝瑛去世之后并没有人提到这条项链，辛安一直以为这项链纯属是宿原溪恶趣味地 PS 在了海报上，如今看来事情并不是那么简单……她隐隐觉得，这条项链有着非常重要的作用。

“怎么样？漂亮吧？”许定修十分得意，“这可是我特意为你准备的！”

“为我准备？”辛安狐疑地问。

“是啊，这可是一件大事！”许定修郑重其事地说，“《甜蜜三次方》是你的第一部电影，也是正式出道的第一部作品！拍完以后一定会举办庆功宴，到时候你戴上它出场，保证艳惊四座，头条都是你！不过你得小心保管，这套首饰可是价值八千万呢！弄丢了谁也赔不起。”

“八千万？”辛安惊得目瞪口呆，“我们公司这么有钱啊？”

许定修的笑容一僵：“这个是借的，借的！记住一定要好好保管！”

他强调了几遍之后才离开，辛安的心思却根本不在这上面。刚才她一直打听这套首饰的来历，但许定修一直不肯告诉她，只是说属于私人珍藏，它的主人不想被人知道自己的身份。

辛安沉思片刻，将盒子锁进了抽屉里，当务之急还是海边的拍摄，蓝宝石的问题以后再解决吧。

第二天清晨春光明媚，鸟儿一大早就在枝头叽叽喳喳地喧闹。

听说星萌Ⅱ的春游活动也是去海边，曹导演特地派了大巴车来接人，看着橘色的巴士缓缓地驶入星萌Ⅱ基地的大铁门，许多等候的工作人员忍不住讨论起来。

“曹导演果然像传闻的那样大方，没想到居然还能蹭到剧组的车！”

“对啊，这还不是沾了蓝瑛的光。”

兴奋的声音如潮水一般涌进辛安的耳朵，有几句特别夸张谄媚的话让她不适应地抖了抖肩膀，忽然之间一个女生尖叫起来。

“快看，是宿原溪！”

辛安抬起头，大巴车正好稳稳当当地在自己面前停下，一个高大帅气的身影从上面走下来。宿原溪穿着白色T恤配蓝色牛仔服，衬托得他的脸白皙英俊。阳光下，他整个人仿佛都在闪闪发光。

一瞬间，辛安也被宿原溪的容光所震慑，呆愣在原地，这么一看，宿原溪的确挺有明星风范的。

“行李给我。”他朝辛安伸出手，见她没反应，一把抢过行李塞进行李舱，身后的议论声顿时更激烈了。

辛安瞪了宿原溪一眼：“你想怎么样？”

宿原溪痞痞地扬起唇角，勾起一抹坏笑：“听说许总监到处求人，给你借了一套八千万的首饰，你们学院对艺人还真不错嘛。”

辛安没听出来宿原溪话里的意思是嘲讽还是赞许，只见他那双幽暗的丹凤眼里掠过一抹光，脸上的笑渐渐变冷：“回头看正后方。”

她听话地回过头，站在最后排的江暖的脸上布满嫉妒愤恨的神情，猝不及防地映入她的眼帘。

辛安不敢相信地瞪大眼睛……江暖怎么会对她露出那种目光？

两个人的目光直直地撞上，江暖脸色一僵，又立马露出天真无邪的笑容。辛安神色复杂地回过头，星萌Ⅱ的三个女生中，李樱哲的脾气火暴，钟仪性格冷漠，唯独江暖待人亲切又有礼貌，辛安对她的印象也最好，可没想到……

“我警告过你，这个世界比你想象的要危险得多。”宿原溪凝视着她，不动声色地说，“现在后悔还来得及，跟我一起离开。”

又是这句话……她听得耳朵都要长茧了。

辛安倔强地剜了他一眼：“想骗我，别做梦了！”

说完，她狠狠地踹了宿原溪一脚，头也不回地上了车，丢下宿原溪一个人揉着膝盖苦笑。

“凡是做坏事的人，一定会觉得心里有鬼，所以会时时刻刻不安，害怕自己做过的事被别人揭发出来。”

辛安小时候，父亲总会这样对她说，因此直到现在这句话都被她奉为至理名言。在海边拍戏的这些天，她一直用这套准则在试探宿原溪。

比如说拍戏到第二周，天气渐渐变热，中午趁着休息的空当，辛安特地以宿原溪的名义叫了一百杯冰草莓芭蕾，还特地加上了薄荷叶，分发给工作人员。

下午，宿原溪从酒店出来时，大家纷纷向他道谢。

“谢谢你原溪！草莓芭蕾太好喝了！”

“居然还考虑到工作人员的需要，你真是长得帅人又体贴！”

“难怪你会有这么多粉丝，谢啦！”

宿原溪被夸得一头雾水，不过他的目光在捕捉到柱子背后的一抹娇小身影后，眼中的迷茫被恍然大悟的笑意取代，他点点头向大家回以致意。

“你们喜欢就好，下次我再给大家点。”

人群渐渐散去，看着宿原溪那张可恶的脸上满是笑容，还一边走一边哼起了小曲儿，辛安目瞪口呆地从柱子后面走了出来。

“怎么会这样？”

她从搜集的资料中，得知宿原溪去世的女朋友严佩云最爱喝的就是冰草莓芭蕾加薄荷叶，所以她才特地点了这个，想要唤醒他的记忆，让他惶恐惭愧露出马脚。

“难道是他太残忍，完全不为所动？”

辛安暗自思忖，这个结论把她给惊到了：“太没人性了吧？渣男！”

海边的场景占了电影的二分之一，剧组包下了一片私人海滩进行拍摄，在这拍摄的一个多月中，辛安自动把宿原溪想成了一个老奸巨猾、残酷无情的坏蛋。她时时刻刻都想着怎么激怒他，想从他身上找到破绽，然而每次都被宿原溪一一化解，让她气得快要爆炸。

不仅如此，全剧组的人都很喜欢宿原溪，而且宿原溪特别喜欢逗弄辛安，每当看她气得像一只奓毛的小猫就会格外开心。

不知不觉间，辛安居然在剧组里收获了一批他们俩的 CP（人物配对关系）粉，粉丝们经常聚在一起，讨论她和宿原溪的关系。

场务助理小 A：“喂喂喂！今天宿原溪和蓝瑛的小剧场，演到第几集啦？”

化妆师小 B：“演到餐厅的戏份了，宿原溪特地给蓝瑛夹菜，被她发脾气甩掉，然后两人又凑到一起说起了悄悄话。嘿嘿，是不是很甜？”

场务助理小 A 捂住胸口：“啊！真的好甜呀！求求他们两个快点儿在一起吧，我这个老阿姨心脏要受不了了！”

当然，工作人员们私下的议论，辛安是毫不知情的，这些天她的戏份越来越重，每天都在海水里泡好几个小时，累得半死，一回到酒店倒头就睡，就连特地带来的笔记本电脑都没有打开过。

“Cut（停）！”

最后一场戏安排在海边的一座小别墅中，白色的洋房露台上系满了黄色丝带，微风吹起，一条条黄丝带仿佛是天地间唯一的亮色，浪漫而唯美。故事已经发展到了最后，男主角从国外回来，发现女主角一直守在海边的别墅里等自己回来，日出时分，两个人背对着太阳相拥。

为了拍这个镜头，辛安和宿原溪都必须留在别墅等日出。不过最近天气不太好，天空总是灰蒙蒙的，为了拍到一轮完美的红日，他们已经等了好几天，许定修也干脆把辛安的行李从酒店拿了过来，让她每天直接睡在别墅里。

“对了，这个面膜你拿着。”许定修递过来一个白色瓶子，喋喋不休地嘱咐，“这些天又是泡水又是晒太阳，你的皮肤早晚会出问题的！”

“太麻烦了……”辛安不情愿地嘟囔。

许定修怒瞪一眼：“你到底是不是女生？知道紫外线多可怕吗？这个面膜就是为你这种懒人发明的，睡觉都不用洗掉，明天早上起来洗脸就行……”

接下来，他又滔滔不绝地说起了护肤心得，絮絮叨叨了二十分钟还不见停下，辛安赶紧一把抢过他手中的面膜：“好好好，知道了，知道了。我待会儿一定会敷的！我保证！”

许定修露出一丝怀疑，十分不相信她真的会乖乖听话，正好这时一个高大的身影从公共休息区走过，他连忙叫住那人：“原溪！你帮忙盯一下，一定要让小瑛好好敷面膜啊！”

“你疯啦！”

辛安阻止不及，宿原溪已经朝这边走了过来。休息时间的宿原溪恢复了以往的休闲风格，他穿着简单的灰色 T 恤和居家裤，清爽干净，像个明朗帅气的邻家大男生。

“放心吧，我一定会好好监视她的。”

看着辛安的脸一下子气得鼓了起来，宿原溪的嘴角忍不住挂上了笑意，也难怪许定修操心，辛安大概是他的职业生涯中见过的最不走心的少女偶像了。

许定修走后，辛安赌气地打开面膜盖子："不就是敷面膜吗？又不是吃炸弹……我就敷给你看！"

宿原溪坐在沙发上，好整以暇地看着她打开白色瓶子，瓶中淡黄色的膏体如奶油般，辛安从来没用过这东西，犹豫地看了一眼，不知道是该用手还是用其他工具敷到脸上。

一股淡淡的酸味飘入空气中，很快就消弭无踪，宿原溪皱起眉头，思索了一秒，见辛安已经伸手去摸瓶子里的膏体，忽然间大惊失色。

"不要碰！"他蓦地站起身来，猛地拍掉她手中的瓶子。

"啪嗒！"

白色瓶子摔在地上，里面的黄色膏体溅了一地。

"宿原溪你干什么？"辛安目瞪口呆。

宿原溪并不理会她，只顾着蹲下身观察着地上的膏体，他目光幽暗深邃："这瓶东西有问题。"

他用纸巾蘸了一点儿膏体，轻嗅了一下，接着道："这里头掺了浓硝酸，有人想害你毁容。"

辛安惊呆了。

"我说了，这个世界远远比你想的要复杂。"宿原溪站起身来，俊美无俦的脸上带着前所未有的严肃，"跟我回去，是唯一能保证你安全的办法。"

第六章

消逝的蓝宝石

1

夜晚的海边，星辰宛若一颗颗美丽的珍珠，在夜之女神的黑色梳妆盒里闪烁着动人的光彩，微醺的风带来大海的气息，清新中带着一丝苦涩。

“今天星星好多。”辛安打开卧室的窗户，自言自语着，“看来明天一定会出大太阳。”

这么一来，日出的戏份就能顺利拍摄完，她也可以回到星萌Ⅱ学院了。

面膜的成分已经检验出来了，果然是被人动了手脚，添加了40%的硝酸。如果真被她敷到了脸上，后果绝对不堪设想，《甜蜜三次方》最重要的一幕也拍不成了。

面膜是许定修拿过来的，但他身为星萌Ⅱ的总监，没有理由要害她吧？

“所以到底是谁那么恨我？”辛安摸了摸下巴，第一次觉得自己离犯罪这么近，“他（她）知不知道这是犯法的？”

辛安浑身不舒服，出了这件事后，她看谁都像嫌疑人，对谁都心生警惕。

“跟我回去，是唯一能保证你安全的办法。”

脑海中再次回响起宿原溪的话语，辛安抿了抿嘴唇，清澈的眸中闪过一丝迷惑……虽然还是不太敢相信，但她是不是该和他再谈谈？

晚上，宿原溪正在别墅房间内的跑步机上锻炼，突然听到有人“砰砰”地把门捶得震天响，他赶紧按下停止键。

“来了来了，别敲了！”

打开门，辛安紧绷着小脸站在外面，宿原溪白皙俊美的脸上浮出一抹诧异，很快嘴唇弯了起来：“你是不是害怕了睡不着，想改变主意了？没错，现在来得及……”

话还没说完，辛安伸出手把房门关上，然后死死盯着宿原溪的脸一步步进逼，把他这个一米八几的大男人硬是逼到了墙边。

“你想干什么？”宿原溪双手抱胸，并不惧怕她，一脸慵懒的笑意。

“砰！”

辛安一拳打在门框上，宿原溪的脸畔轰然出现一个凹陷的拳头印，他顿时闭上了嘴巴。

她的右手威胁地撑在他耳边：“从现在开始我问一句你答一句，如果你敢隐瞒什么，我就让你和这个门框有着一样的下场，知道了吗？”

宿原溪满脸无奈，这么久以来，他还是第一次见到这种类型的女孩子……不，她简直不能称为女孩子吧？这么纤细瘦弱的胳膊，到底哪来的这么可怕的力量？

“你想问什么？”

辛安凑近过来，目不转睛地凝视着他的眼睛：“当初我拉开观花阁包厢的门后跌落进来的世界，是和现实一模一样的平行世界，对吧？”

宿原溪脸上的笑容一下子消失得一干二净，他目光复杂地看着她，黑宝石般的眸子里猛地闪过一道暗金色的光。

辛安一时呆住了：“你的眼睛……”

她情不自禁想去摸，被宿原溪一下子抓住了手。

“我再告诫你一次，既然你已经猜到了这是平行世界，”宿原溪缓缓地说，“那就应该知道，这件事不是你这种普通人应该插手的。”

宿原溪的掌心干燥而温暖，她有些不自在地想要挣脱开他的手，却甩也甩不开。

“你……”辛安惊讶地抬起头，原来宿原溪的示弱都是装的吗？

“你实在太固执，但人还不错，”宿原溪俯视着辛安，“我想你不会被浮夸的明星梦蒙蔽住视线，所以只要你答应我，绝对不把我的话透露给第三个人，我就可以告诉你一些关于观花阁的秘密。”

“我保证！”辛安实在是太好奇，果断地答应下来，“我不会告诉任何人！”

宿原溪深深看了她一眼：“你猜得没错，这里就是蓝瑛去世前两个月的平行世界，而你现在扮演的角色就是蓝瑛本人。”

虽然已经猜到，但这个事实从宿原溪嘴里说出来，还是给辛安造成了巨大的冲击。

“果然……”辛安震惊地瞪大了眼睛，又猛地甩甩头，“可是这……这不可能！这不符合科学啊……”

“世界上不符合科学的事有很多，只是愚蠢的人会选择无视掉，或者催眠自己这些事不存在。”

“进入观花阁的人都需要通行证，也就是会员 VIP 卡。”宿原溪冷冷地说，“虽然不知道你的卡是从哪儿来的，但是观花阁只认卡不认人，既然你能进入观花阁而没有响起警报，那就说明你是已经被认可了的客人。”

辛安想到蓝瑛塞给她的那张黑色卡片，难道说那张卡就是……她的手下意识地揪住宿原溪的 T 恤。两个人离得很近，一股淡淡的香味从辛安身上传来，清新芬芳，宿原溪微微一愣，不自然地放开了她的手。

宿原溪退开一步：“相信你小时候肯定也看过电视上播放的世界未解之谜，很多东西本来就没办法解释，平行世界的存在也不稀奇，而观花阁只是各个世界之间的桥梁，你在开包厢门之前应该看到了一张海报吧？”

辛安迟疑地点点头：“我还看到了海报中的人是蓝瑛……”

“那就没错了。”宿原溪点点头，“根据观花阁的规矩，海报上的人是谁，那这个世界的主角就是谁。任何第一个拉开包厢门进入的人会变成那个世界的主角，而后面再度进来的人会经历第一个人在这个世界里所经历过的一切。”

“换句话说，你现在就是蓝瑛本人。”

辛安的脑子乱成一锅糨糊：“我不是蓝瑛啊。我是辛安，有自己的家人和朋友……”

“可是你无论怎么寻找，也找不到这些人的存在了吧？那是因为这个世界里的你已经变成了蓝瑛，所以原本的那个你，对于这个世界来说就是不应该存在的人。在你进入的一瞬间，这个平行世界会主动抹掉你存在过的一切痕迹，朋友，同学，亲人……哪怕是有一天你在路上遇到和朋友一模一样的人，他们也不会再叫以前的名字，自然也不会认识你。”

宿原溪的语气缓慢而平静，却像是一把小锤子，一下下击打在辛安的心上。

“一个不存在的人，当然不会有亲人和朋友。”

“我……我不存在了？”她震惊地重复道。

宿原溪观察着辛安的表情，马上接话：“不过你不用担心，只要你愿意，我可以带你回去。在原本的那个世界，你还是你。”

“回去，当然要回去。”

辛安点点头，她都不敢想象没有齐佳嘉，没有谭旭，自己不能再当警察的世界。宿原溪白玉般的脸上终于带上了一丝满意的笑，然而她的下一句话又让他的笑容僵住了。

“但是我得解决蓝瑛的事以后才能回去。”

宿原溪深吸一口气：“你怎么这么顽固？我是在救你知不知道，你在这个世界绝对不能待超过三个月！我就不明白了，蓝瑛和你是什么关系？”

“你说不能超过三个月？为什么？这也是观花阁的规矩吗？”辛安迅速地抓住了他话中的疑点。

宿原溪感觉自己濒临崩溃边缘：“你听不懂人话吗？我在问你为什么要为了一个不认识的人冒险？而且蓝瑛的事自有警察调查，你一个外人不觉得自己太多管闲事了吗？”

辛安意外地看着宿原溪，这还是她第一次见到他生气的样子。他修长的眉毛高高蹙起，漂亮的丹凤眼里满是怒气，她还以为他永远都会戴着嬉皮笑脸的面具呢。

“因为我的VIP卡就是蓝瑛给的，我觉得这是冥冥之中的一种指引，让我去寻找答案。”

辛安认真的话听得宿原溪一阵无语：“你小说看多了吗？”

也太扯了吧？还冥冥之中的一种指引？

“也许吧，”辛安没有生气，“本来我也觉得蓝瑛去世的原因警察迟早会查出来，可我来到这个世界后，却发现这件事太复杂，警察未必会知道全部。”

“我在星萌Ⅱ过着她的生活，感受着她的喜怒哀乐，这是一个活生生的女孩子，而且还很可爱。”辛安倔强地看着宿原溪，“如果真相无法解开呢？蓝瑛含冤而死不是太可怜了吗？”

“所以即使不认识，我也要为她做点儿什么，这是我自己的事，和别人无关。”

安静的房间内，辛安的声音轻柔而沉静。宿原溪看着她，眼前的少女拥有着一张和少女偶像蓝瑛一模一样的脸，清纯娇柔，总是露出不谙世事的神情……可她们两人的眼神太不相同了。

与蓝瑛的天真纯粹相比，辛安的目光同样清澈，却多了三分坚定，七分倔强。一时间，他竟被她眼中那灼灼的光震慑得说不出话来。

2

历时两个多月的海边拍摄结束了，辛安终于回到了星萌Ⅱ基地里久违的蓝瑛房间。

夏天悄悄来临，空气中充斥着令人难以忍受的燥热，辛安一边收拾着行李箱，一边梳理着自己目前发现的线索……根据已知的，她现在身处的世界，是她原本所在世界的平行世界，而观花阁是平行世界间的通行桥梁。她现在所经历的所有事情，是蓝瑛生前所经历的事情。这么说，只要她继续待下去，她就会知道蓝瑛轻生的真相。

只是为什么她不能在这个世界待超过三个月？如今眼看就要到三个月的期限了……超过三个月会发生什么不好的事情吗？为什么宿原溪拒绝透露更多的信息，只是一个劲儿地催她跟他回去？她能在三个月之内，挖掘到真相吗？

啊……好烦！

宿原溪这个家伙的嘴太严了，多说几个字能要他命似的！

辛安苦恼得一头向床上栽去，一时间没注意，头猛地撞到了床头板，床头板震了几震，连带着挂在墙上的画都震了震。

被装裱在画框里的画“咚”的一声，摔落在地。

辛安痛得龇牙咧嘴，一边揉着自己的脑袋，一边起身去捡画框。这时，她注意到画框背后用胶带粘着一张折叠起来的纸。她小心翼翼地撕下来，打开一看，纸上用铅笔写着“strarry 0305”几个字样。

这是什么……

如果她记得没错的话，蓝瑛的生日应该是3月5日，那这个英文单词代表什么？

辛安的余光忽然瞥到打开的行李箱，蓝瑛那白色的笔记本电脑正静静躺在一堆衣服的上面……

密码，这可能是密码！

她赶紧打开笔记本电脑，直奔“少女日记”文档。当熟悉的“请输入密码”对话框跳出来后，她尝试着输入了“strarry 0305”，没想到“叮”的一声，文件竟然真的打开了！

3月5日 晴

今天收到星萌Ⅱ学院寄来的录取通知书，我真的好高兴！我不是在做梦吧，我真的有机会当明星了？

这真是我收到的最棒的生日礼物了！我要把密码改成“strarry 0305”，永远记住这一天。

3月7日 多云

今天我正式住进了星萌Ⅱ基地，并且和其他三个女生成为队友，但不知道为什么她们好像不太喜欢我。特别是那位高个子的女生，打翻了我的饭，在练舞的时候还推倒我，害得我手臂受伤了……

不过没关系的，我要坚强，这只是追求梦想路上的一点点挫折而已！

3月11日 小雨

之前演了一个小短片，总监给我看了网友的反馈，大家都说我演得太差了，什么“用鼻孔在演戏”“搞笑谐星”“毫无演技”，吃饭时李樱哲还故意大声读了出来，真的好丢脸啊。

唉，虽然能给人贡献笑料也很好啦，但有没有什么办法能让人的演技迅速提高呢？

不求像夏浣尘那么厉害，但至少不被人吐槽就好了。

文档记录着蓝瑛每天的收获与苦恼，虽然每天的内容都只有寥寥数笔，但勾勒出一个单纯可爱的少女形象。蓝瑛每天都被李樱哲欺负着，却始终坚持着训练，为自己的梦想而努力奋斗。

“嗯？”

一路看下来，辛安发现蓝瑛在抱怨自己没有演技之后，很长一段时间都没有再写日记，直到3月20日才重新有了记录。

3月20日 晴

今天去参加了一个MV试镜，也不知道是哪位前辈的新歌，听说要正式确认人选以后才会公布。

不过我居然被导演夸表演细腻！

太棒了！果然那张卡片能帮我，这段经历真是太神奇了！我想我一辈子都不会忘记！还有宿原溪……

3月21日 晴

今天正式开始拍MV，原来我成了夏浣尘新歌的女主角！她是我的女神啊！

许总监也亲自到场，他完全被我的演技震惊了，赞不绝口。

我真是忍不住偷偷开心，世界上是真的有磨砺演技的方法的！他一定不知道，我的演技是经过两个世界的磨炼才提升得那么快，嘻嘻。

还有，夏浣尘真是人美又善良，我能得到这个角色，她真的帮了我好多！本来因为李樱哲她们的针对，我都快要坚持不住了，是夏前辈一直鼓励我，我才能坚持下去！

很显然，蓝瑛只是把平行世界的生活当成磨砺演技的机会。

从这里开始，蓝瑛的日记越来越短，有时候只是记录了一下天气，之后她应该是越来越忙，所以没什么时间写日记了。直到4月25日，她再也没写过日记，辛安也无从得知，之后蓝瑛的生活中到底发生了什么。看来想从这个日记里获取有用的线索是没可能了。

不过蓝瑛的日记里多次提到“夏浣尘”这个名字，辛安用搜索引擎查了一下，得知在这个世界，夏浣尘是一位演戏唱歌都很厉害的国民女艺人。

看样子，蓝瑛跟夏浣尘关系似乎不错，不过为什么从她来到这个世界后，一次也没跟夏浣尘打过交道呢?

算了，在这种大明星的眼里，人家可能只是随手指导了一下小后辈而已。关系要真的不错，许定修怎么可能会放过这种大好的宣传机会?按照娱乐公司的公关套路，“姐妹情深”的通稿应该已经满天飞了吧。

“笃笃笃。”

辛安刚合上电脑，就响起了敲门声。

“谁啊？”她起身过去打开门，外面居然站了一个意想不到的人，“江暖？”

站在门前的江暖穿着一身可爱的草莓睡衣，她漂亮的卷发上戴着毛茸茸的粉色发箍，手中抱着一个皇冠形状的枕头。

“还没睡吧？”江暖扬起一个大大的笑容，“我来找你聊聊天！”

“聊天？”辛安惊奇地眨了眨眼睛。

“是啊，”江暖自来熟地走进辛安的卧室，在床边坐下，叹了口气，“小瑛，这段时间发生了太多事，我和樱哲是好朋友，所以一直没怎么和你说过话，你不会怪我吧？”

辛安沉默片刻：“当然不会。”

“那就好，”江暖松了口气，伸手将辛安拉在她身边坐下，“我还担心你会讨厌我呢！”

“怎么会？我们是朋友嘛。”辛安笑了笑。

老实说，李樱哲已经彻底和她决裂，而“独行侠”钟仪对谁都不理不睬，唯有江暖每次见到她都笑容灿烂地打招呼，有时候还会给她带饮料和零食。要不是她曾看到江暖那奇怪的眼神，恐怕真要把江暖当成不错的朋友。

“嘿嘿嘿，没错，我们是好朋友！”江暖的脑袋亲昵地在辛安的肩膀上蹭了蹭，一脸憨憨的笑容，“对啦，我听说总监给了你一条蓝宝石

项链，想让你在庆功宴上惊艳全场……能不能拿出来让我看一看？”

“那个有什么好看的？”辛安微微一愣。

见辛安没有给她看的意思，江暖晃动着辛安的手臂撒起娇来：“我还没见过真正的蓝宝石呢！就看一眼，好不好嘛？求你啦！”

辛安若有所思地瞥了江暖一眼：“好吧……我这就给你拿。”

3

接下来的几天，辛安和宿原溪分别补拍了几个《甜蜜三次方》的镜头，之后电影就正式杀青了，只等着后期制作上映。眼看着离三个月的期限越来越近，辛安也忍不住越来越急躁。蓝瑛坠亡的日期是7月27日，而宿原溪要她必须在7月26日之前离开这个世界。如果导致蓝瑛轻生的最终原因是7月25日之后发生的……那她至少必须待到7月27日才能得知真相。

辛安隐隐觉得不安，总感觉会发生什么大事。但她不知道，这种不安是来自接近蓝瑛死亡真相的紧张，还是来自于她即将超过限定日期而归的忐忑……

到底会发生什么事情……

《甜蜜三次方》的杀青庆功宴定在了周五的晚上，辛安拿起台历一看，正好是7月25日。

从4月25日来到这个世界，直到现在，辛安还完全搞不清蓝瑛轻生的原因。经过这些日子，辛安对蓝瑛已经颇有了解。蓝瑛是一个活泼开朗的女生，虽然脾气好到懦弱，但面对欺凌仍然是抱着积极向上的心态，也没有抑郁的征兆。到底发生了什么，竟然逼得这样一个明朗的少女选择轻生？而且还是在已经拍完著名导演的电影，只等着上映，前途一片光明的大好时候。

半夜，辛安越想越睡不着，她感到口渴，干脆爬起来倒水喝。她发现房间里的饮水机空了，只好拿着马克杯出门，前往走廊尽头的茶水间。

没想到凌晨两点半，她在这里看到了一个熟悉的身影。

“钟仪？”辛安惊讶地看着站在落地窗前的少女，“你在这儿干什么？”

“还能干什么？饿得睡不着，起来泡面吃。”钟仪穿着一身条纹睡衣，发梢微微翘起，也许是灯光柔和的原因，此时的她看上去比平时多了几分温柔与俏皮。

“哦……”辛安挠了挠脸颊，一下子语塞了。

对于钟仪这个女生，辛安一直都觉得很陌生。钟仪最讨厌的就是集体活动，除了录歌和训练宣传外，辛安从没见她和谁单独待在一起超过五分钟。就连许定修也悄悄抱怨过钟仪好像一台自带降温效果的冰箱，谁靠近钟仪周围几米，都会被冻得受不了。

辛安看了看钟仪手中的泡面盒子，忍不住关心道：“泡面还是少吃为好，我房间里有几个准备当消夜的饭团，我去给你拿过来。”

“不用了。”

“要的，要的！”

不等钟仪第二次拒绝，辛安就奔回房间，热情地拿来三个金枪鱼蛋黄饭团：“吃吧！一个女孩子在外面挺辛苦的，要好好吃饭才行啊。”

钟仪静静地看了辛安好几秒钟，才把饭团接过来：“谢谢。”

“不用，我的水打好了，那我先走啦！”

辛安端起马克杯转身离开，刚走没两步，身后传来钟仪冷漠的声音。

“李樱哲和江暖，我要是你，我就会离她们远点儿。”

辛安的脚步一顿，缓缓地回过头。钟仪面无表情地咬了一口饭团：“说实话，你最近好像变了很多。”

钟仪是察觉到了什么吗？难道钟仪发现她不是蓝瑛了？

辛安的心中一惊，还没想好该怎么搪塞过去，钟仪又接着说：“不过我还是更喜欢现在的你一点儿，以前你不管遇到什么都不会反抗，难怪会被李樱哲她们盯上。”

“钟仪……”

钟仪咳嗽一声：“庆功宴那天我要录歌，不会到场。不过我给你一个建议，实在无法避免麻烦的时候就找能帮你的人吧，这可不是逞强的时候。”

“你是说，”辛安眨了眨眼睛，“让我找宿原溪帮……”

“我可什么都没说。”

钟仪打断了她的话，吃着饭团头也不回地走了，留下辛安独自站在原地。

这几天，许定修简直像个老妈子，天天跟在辛安背后叮嘱她敷面膜、挑选礼服裙、预约造型师……恨不得一天二十四小时贴身照顾，生怕在庆功宴之前出现任何意外。而辛安也突然发现自己比拍电影时更忙了，每天都忙着参加各种媒体宣传、粉丝见面会……连一刻休息的时间都没有。

庆功宴的前一天，许定修终于良心发现，批准辛安休假一天。辛安苍白的脸上露出了一丝笑意："太好了！我好久没出去逛街了，趁着这个机会，我要好好出去玩一玩才行！"

"去吧，去吧！"许定修笑眯眯地挥挥手，"记得别玩太晚，按时回来。"

辛安一口答应下来，许定修身后的李樱哲和江暖交换了一个奇怪的眼神，彼此脸上都露出了一丝微笑。

三十分钟后，星萌Ⅱ学院的所有人都看见一辆银色保姆车缓缓驶出了大门，经过门卫室时，司机还嫌保安开门不够利索，"嘀嘀"地按了几下喇叭。

李樱哲站在窗前，漂亮的脸蛋上神情阴沉："惹事精，生怕别人不知道她要出道了似的。"

一旁的江暖按住她的肩膀："别生气啦。"

李樱哲转头和她对视一眼，忍不住得意地笑了起来："当然，我不气。"

吃过午饭后，星萌Ⅱ基地进入了午休时间，所有的工作人员都回到自己的房间，走廊上静悄悄的，没有半点儿声音。一个纤细修长的身影推开房门，左右看了看，鬼鬼祟祟地来到辛安的房间门前，掏出早早复制好的房卡，在门锁上"嘀"的一下，房门应声而开。

空荡荡的房间里，所有的摆设都维持着主人出门前的模样——床上摊着各式各样的礼服，窗帘随着微风轻轻飘扬，墙上的挂钟“嘀嗒嘀嗒”地走着。

来人应该是第一次进入辛安的房间，左右环顾，打量了一会儿环境，这才向床边的立柜走去，她小心翼翼地戴上一副白手套，从口袋里拿出一把万能钥匙，“窸窸窣窣”地忙活起来。

“啪嗒。”

锁应声而开，她拉开抽屉，看着静静躺在里面的蓝丝绒盒子弯起了嘴角：“蓝瑛，这下看你怎么办！”

说完，她伸手拿起盒子，这时，身后猛地响起一道突兀的声音。

“是吗？你倒是说说看，我该怎么办？”

来人吓得手一抖，盒子“哐当”一下又落回了抽屉里，她惊恐地转过身，对上了辛安那双沉静的眼睛。辛安身边还站着一个高大俊逸的青年，双手抱胸，白玉般的脸上似笑非笑。

“居然是你，”辛安一字一顿地说，“李樱哲。”

辛安神色复杂地看着偷偷潜入自己房间的人，从江暖来打探蓝宝石的那一刻起，她的心中就模模糊糊有了一个猜想。直到几天前的那个晚上钟仪提醒，她才下定决心去找宿原溪帮忙。宿原溪沉默了一阵，才松口答应帮她。于是今天她故意大张旗鼓地请假，然后在宿原溪的帮助下，让司机开着无人乘坐的保姆车出了大门。接着两个人就在房间里“守株待兔”了。

在听到动静的第一刻，他们就躲在了房门后，果然下一秒，李樱哲那熟悉的身影就开门走了进来，她根本没想到辛安居然还在房间里，因此开锁的动作肆无忌惮。

看到他们两个人，李樱哲吓得差点儿一屁股坐在地上：“你……你们……怎么还在？”

“很意外吗？”辛安往前踏了一步，怒视着她，“你以为我出门了，才来偷东西对吗？你到底想要干什么？”

辛安心底的怒火如火山一般喷发着，李樱哲到底知不知道自己在做什么？这是犯罪，是在将一个无辜的少女逼上绝路！

李樱哲下意识地反驳：“我没有！我……我不是偷东西……”

“那你是怎么进入我房间的？”辛安猛地抬高了声音，“你的所作所为我都看在眼里，不要抵赖！”

宿原溪懒懒地说：“跟她废话那么多干什么？直接报警好了，反正你也录下了证据。”

“报警？”李樱哲的目光顿时慌了，“不不不，不要把我交给警察。蓝瑛，蓝瑛你听我说，我真的只是开玩笑而已。”

如果辛安真的报警，在证据确凿的情况下，她势必会留下偷窃的案底，到时候别说当明星，她还要去坐牢！

“只是开玩笑偷走蓝宝石，然后让我背黑锅？”辛安嗤笑一声，“这话你还是去跟警察说吧。”

说完，辛安拿起手机就要拨号，李樱哲浑身一个激灵，猛地扑过去抱住她的手：“别！别报警！我都说……我都告诉你，是江暖！江暖让我来的！是她告诉我，总监一心想要捧你成名，为你借了一套很珍贵的蓝宝石首饰，如果丢失了一定会变成大新闻！我……我从没想过要把蓝宝石怎么样，从头到尾我只想让你出丑而已！”

辛安看着李樱哲的眼睛不说话，李樱哲的眼泪“唰”地一下就流了下来，浑身都在颤抖。

“我说的是真话……”李樱哲拼命央求着，“求求你不要报警，这是我第一次做这样的事，我以后再也不敢了！”

房间陷入安静，只听见李樱哲“呜呜”的哭泣声，宿原溪等了好一阵都没听到辛安开腔，忍不住奇怪：“你怎么了？该不是被她哭两下就心软了吧？”

辛安摇摇头：“没有，我只是……心里有点儿堵。”

她悲哀地看着面前的少女。

是啊，李樱哲也不过是个二十几岁的女孩，美丽而骄傲，却一心想着欺负自己看不惯的人，从没想过自己的一时兴起会毁掉别人的一生。

她隐隐猜到蓝瑛选择结束生命的原因了。

珍贵的蓝宝石失窃，蓝瑛被迫去参加庆功宴，而始作俑者李樱哲和江暖绝对不会放过她，她们一定会在宴会上揭露这一切。这么一来，蓝瑛就不得不直面记者的镜头和许定修的暴怒，可想而知，她的心情该有多么崩溃。

如果蓝瑛因为这个而选择结束自己的一生，该多么可悲，多么可笑！

不……可能还有别的原因。

辛安垂下目光思忖着，蓝宝石项链被盗应该只是原因之一，现在下结论还有点儿太早。

“现在怎么办？”宿原溪朝辛安转过脸，“你现在知道了，可以跟我回去了吗？”

因为恐惧，李樱哲哭得更厉害了，辛安看着她缩成一团的身体，目光渐渐变得坚定起来：“不行，这件事不能就这么算了。李樱哲，你现在只有一个选择，我要你跟我合作，演一场戏……”

她蹲下身来，细细嘱咐了李樱哲一番。宿原溪在一旁听着辛安的计划，狭长优美的凤目里闪过一道微光，连看她的眼神都带上了一丝欣赏。

这个暴力少女，看不出脑子还挺好使的。

4

庆功宴终于来到。

夜幕降临，天空中闪耀的群星仿佛在昭示着这注定是一个辉煌的夜晚。美丽的月湖边，现代化的银色大厦灯火通明，像是镶嵌在夜之女神宝盒中的一颗明珠，熠熠生辉。星萌Ⅱ基地的大门敞开着，今天是《甜蜜三次方》的庆功宴，瑰丽的红地毯从湖畔一直铺到基地大门。遍地繁花似锦，空气中的花香弥漫开来，令人沉醉。在浪漫唯美的管弦乐旋律中，俊男美女们身着华丽优雅的礼服，挽着手进进出出，谈笑风生。

今天的曹导演着一身灰格子西装，白花花的头发梳在脑后，一副老艺术家的气质，许多宾客都走过来和他握手致意，媒体记者也都早早守候在一边，等待着发掘劲爆新闻。

“恭喜恭喜！我真是太期待这部电影了！”

“听说女主角起用了新人蓝瑛。导演，请问她是拥有怎样的魅力，能够得到您的青睐呢？”

“据说这个新人和大明星宿原溪关系匪浅，请问导演，真的有这回事吗？”

在一堆记者举着话筒的吵嚷声中，曹导演始终笑眯眯的，像一尊弥勒佛，他俏皮地眨眨眼睛：“你们这么好奇的话，等女主角来亲自问她不就行了？”

庆功宴选在星萌Ⅱ学院举办，许定修比剧组的工作人员还要高兴，在他看来，今晚就是蓝瑛一飞冲天的机会，也不枉费他在茫茫如海般的网红中把她发掘出来，让这位个性有点儿怯懦的少女绽放出属于自己的光芒。

“怎么回事？小瑛怎么还没来？”许定修顺手拽过旁边的工作人员，“找个人催一下她。对了，让小瑛千万别忘了戴项链！”

“呵呵！”一旁的江暖忍不住发出嘲讽的笑，低声对李樱哲说，“今天的记者来得越多，辛安就越要倒霉了。”

江暖穿着粉色蓬蓬裙，精心造型的公主头上别着钻石发卡，甜美的脸上挂着跃跃欲试的得意笑容。这么久过去，一直扮演乖乖女的角色，江暖已经有点儿不耐烦了，眼看着今天自己最讨厌的人要完蛋，她再也绷不住，露出了自己的本性。江暖身边的李樱哲今天只穿着一条普通的黑色长裙，脸上的妆容根本遮不住苍白的脸色，她神情恍惚，然而兴奋的江暖根本没有注意到她有什么不对劲。

江暖环顾了一下四周，顺口问："钟仪呢？"

"她说对宴会没兴趣，要留在录音棚录歌。"

"哼，惺惺作态，"江暖冷哼一声，"那她可要错过一场好戏。"

终于，在众人的翘首期盼中，女主角姗姗来迟。

娇小玲珑的少女身着一袭纯白礼服裙，露出洁白圆润的肩膀，她黑白分明的眼睛明亮而充满灵气，鼻子小巧，肌肤如牛奶一般。除了身后的香槟色缎带结成蝴蝶结形状，她浑身上下没有一点儿装饰，只在绾起的黑发鬓边别着几朵洁白的茉莉，走过的地方都会留下一阵淡淡的芬芳。

"小瑛！"许定修一看到辛安就迎了上去，惊奇地压低声音，"你的项链和耳环呢？怎么没戴出来？"

辛安的目光拂过江暖的脸，见她兴趣盎然地盯着自己这边，目光灼灼地想要看自己的反应。辛安报以微微一笑，江暖脸上甜美的神情顿时一僵。

"蓝宝石没有了，她怎么还这么镇定？"江暖狐疑地问李樱哲。

李樱哲吓了一跳，吞吞吐吐地说："我……我也不知道啊……她不是没有戴首饰来吗？"

"也是……"江暖按捺住内心的狂躁，"哼，肯定是虚张声势，很快她就笑不出来了。"

这一边，辛安对上许定修，脸色同样十分淡定。

"丢了。"她轻描淡写地回答许定修。

"什么？"许定修猛地拔高音调，见引得宾客都看了过来，他又忙不迭地沉下嗓门，“别顽皮啦，这个时候你开什么玩笑？快去把首饰戴上，打扮得华贵隆重些，今天你可是‘最佳女主角’啊！”

“我没开玩笑，真丢了。”

“蓝瑛！”许定修慌了神，“我之前说过这套首饰是借的，价值八千万啊！”

“放心，”辛安深吸一口气，“相信我。”

很快，男主角也到场了，宿原溪今天心有灵犀地与辛安穿了情侣装，一身黑色燕尾服衬托得他身形颀长，俊美的脸庞上，一双凤目流光溢彩。他轻轻撩了撩头发，一丝碎发不羁地落下，优雅中带着一丝邪气，让人心醉神迷。

“蓝瑛。”宿原溪走到辛安身边，很快就有记者靠过来搭话，许定修就算有满腹的疑问，也只能暂时让开位置。

宿原溪揽着辛安的肩膀，亲昵地摆出各种姿势配合记者拍照。

他身上淡淡的青草气息传来，辛安不自在地挪了挪步子：“电影都拍完了，没必要靠这么近吧？”

“谁故意和你靠近？”宿原溪低下头耳语，“我只是再来提醒你一下，你要弄清楚蓝瑛去世的原因，我也帮你完成了。你别忘了答应过我的，今夜结束之前……”

“我知道了！”辛安不满地皱了皱眉，“今晚结束之前，我就跟你回去！”

离开原本的世界不知不觉已经三个月，齐佳嘉不在，身边连一个说话的人都没有……要不是有一股信念在强撑着，辛安根本坚持不了这么久。

“哇！你们两位主演感情真好呀！”一位记者捧着相机对准他们，“看这边！对，就是这样，相拥着笑一个！”

辛安满脸无语，宿原溪倒是又揽紧了手臂，无赖地把脸贴向她：“这样吗？”

“对对！就是这样！”记者眼冒红心，“咔嚓咔嚓”地拍了好多照片才心满意足地离开。

“我总觉得这件事没有那么简单，许定修为我借来蓝宝石首饰这件事，在星萌Ⅱ学院里没人知道，为什么那天晚上江暖会来找我？”

辛安假装亲昵地挽住宿原溪，小声说出自己的猜测，她生怕宿原溪会嫌麻烦拖自己的后腿，没想到被他一下子就看穿了。

“我答应过，今天晚上你想做什么我都会配合。放心，不用怕我反悔。”

看着辛安洁白的小脸，宿原溪深邃的眼眸里隐约有光在闪动。两个人正说着话，身后的记者们忽然骚动起来，工作人员纷纷朝基地门口涌去。

“是夏浣尘！夏浣尘来了！”

“哇！她不是刚刚从戛纳拿了影后吗？没想到影后也会来参加《甜蜜三次方》的庆功宴！”

“看来这部电影要火了！”

大家兴奋地议论着，黑压压的人群自觉地分开，让出一条路，一位艳光四射的美人循着路缓缓走来。

红唇如焰，肤白胜雪，如瀑的大波浪卷发披在肩头，美人的眉毛如新月弯弯。她只不过浅浅一笑，就如云破月出，皎洁的光瞬间照亮了全场，银色的缎面长裙上用金色的丝线绣出点点光芒，勾勒出她纤细美好的身段。

美人所经过的地方，人们的目光都牢牢锁定。她的鼻梁高挺，眉目深邃，凝脂般的皮肤一点儿毛孔都看不到，琉璃般的眼睛流光溢彩，只是被她轻轻扫过一眼，都会感到一种来自灵魂深处的震撼。

她走到曹导演面前，和他热络地聊了起来。

辛安愣愣地看着美人，感觉到自己的灵魂也受到了冲击："她……她就是夏浣尘？"

这就是蓝瑛的日记里所写的那位前辈吗？哇！真的好美啊！

"糟糕，她居然亲自来了，"许定修挤到辛安身边，摸出一条手帕拼命地擦着冷汗，"小瑛，那套蓝宝石首饰我就是跟夏浣尘借的啊！"

"什么？之前你怎么不早说？"

辛安十分诧异地瞥了一眼夏浣尘，夏浣尘正被别人的一个笑话逗乐，掩住檀口浅笑，风情万种的样子惹得在场的记者拼命拍照。

"我这不是想营造一点儿神秘感吗？"许定修沮丧地说，"夏浣尘在出道前可是千金大小姐，这套首饰据说是她家的传家宝呢！"

听到许定修这番话，辛安的心里"咯噔"一下，她和宿原溪交换了一个眼神，彼此在对方的眼中看到了一丝凝重，都感觉这件事不会如预想中的那样收场。

宿原溪朝辛安扬了扬优美的下颌，示意她和自己一起离场商量，辛安刚点头，忽然一个娇小的身影扑到了她的怀里。

"小瑛！"猝不及防间，江暖一把拽住辛安的手臂，"听说你有一条很漂亮的蓝宝石项链，今天怎么没戴出来呢？"

"你……"辛安瞪大眼睛，发现在场所有人的目光一下子全都汇聚到了她身上。

见夏浣尘的注意力也被吸引过来，江暖的脸上露出一抹恶魔般的微笑，她故作天真甜美："小瑛，项链呢？"

远处的李樱哲一脸惨白，很显然，她也没想到江暖会突然做出这样的举动。宿原溪蹙起乌黑的眉头，看着不远处的夏浣尘轻踩着钻石高跟鞋，领着一大拨记者走了过来。

"许总，这位就是你赞不绝口的新人吗？如果我没记错的话，小瑛曾经跟我合作过MV呢。原来你特地找我借传家首饰就是为了她呀！"

夏浣尘微笑着看向辛安，明明是温和的目光，不知道为什么，却让辛安感觉浑身僵硬。

许定修"哈哈"地干笑几声："是啊，就是小瑛。"

"现在的新人真是厉害。小瑛很勤奋，和我的蓝宝石很配。"夏浣尘夸赞了一句，"不过小瑛，怎么不见你戴呢？"

夏浣尘的一句话，顿时引发了现场的讨论——

"女神的传家蓝宝石？我记得之前有过报道，据说是她父母的定情信物。"

"对啊，怎么特意借了首饰又不戴，这么素面朝天别了朵花就来了。好看是挺好看的，但是不是有点儿不尊重前辈？"

"蓝瑛可是这部电影的女主角，这么寒酸到底是想砢碜谁啊？"

星萌Ⅱ的很多工作人员都不知道蓝宝石的事，加上记者天生就敏感，马上就胡乱猜疑起来。

在引起更大的风波之前，辛安不得不出声解释："谢谢大家的关心，不过有一点你们说错了，今天是《甜蜜三次方》的庆功宴，主角是为了这部电影付出过努力的所有工作人员，我只不过是一个演员，怎么敢喧宾夺主呢？"

她的回答十分谦逊，听得许多记者都频频点头。

眼看这个话题就要被蒙混过去，江暖拼命向李樱哲使眼色，然而平时像颗炮弹似的李樱哲却低下头装没看见。

江暖实在是不甘心：“话说得这么好听，不会是被你搞丢了吧？”

“当然不是，蓝宝石我一直都好好保管着。”辛安认真地反驳。

江暖转了转眼珠，开口讽刺：“那可不一定，要是还在的话，你就拿出来让我们开开眼界呗！”

看着两个年轻漂亮的女生就这么在庆功宴上争执起来，记者纷纷露出了感兴趣的神情，有些已经偷偷拿出手机录视频。

有个大胆的记者喊道：“蓝瑛小姐，我能不能问一下，你和你的同伴关系怎么样？”

果然会发生这样的插曲！

许定修怒瞪了一眼江暖，江暖吓得一哆嗦，赶紧补救：“我和小瑛之间，关系当然很亲密——”

“对不起，我们关系并不好。”没想到辛安居然大大方方地承认了，她站到麦克风前面，“而且长久以来，我一直遭受着暴力欺凌。而对我实施暴力的人，正是江暖和李樱哲这两位同期学员。这一点，我绝对不会隐瞒。”

此话一出，语惊四座，整个会场都陷入了安静，不知不觉被挤到人群外围的李樱哲更是晃了晃身子，吓得快要站不稳了。

江暖的脸色一下子变得煞白……蓝瑛是疯了吗？这丫头，她……她怎么敢这么说？这可是在媒体的镜头前！

许定修更是急得汗都出来了，他怎么就没看出来蓝瑛是个刺头呢？她知道今天是电影庆功会吗？这么重要的时刻都敢搅黄？

“不过，”辛安深吸一口气，“今天我想要揭露的，是另一件更重要的事——夏前辈的蓝宝石首饰，就在昨天晚上被人偷走了！”

“什么？”

辛安的话就像是一块大石掷进水里，激起了千层浪。许定修和工作人员们都倒吸一口凉气，而记者们都一个个眼神发亮……

大新闻啊！

李樱哲的脸色顿时变得灰败起来，江暖被蜂拥而上想要采访辛安的人群挤到了旁边，她不知所措地转过头：“这……这和我们想的不一样啊！”

江暖完全想不明白，项链丢了，蓝瑛不应该痛苦失措吗？怎么还这么理直气壮的？

宿原溪叹了口气，俊美的脸带上了一丝笑意：“真是个小疯子。”

辛安站在人群的正中心侃侃而谈：“就在昨天，有人潜入我的房间想要偷走那套珍贵的蓝宝石首饰，她的目的就是让我在所有媒体记者面前失控出丑……成为舆论的焦点！我告诉你，想让我屈服，你的如意算盘打错了！我要在这么多人面前揭穿你！”

“蓝宝石怎么会失窃？”许定修脸色铁青，“我们星萌Ⅱ的安保系统可是全球最先进的！外面的人根本进不来！”

“对不起，总监。”辛安平静地转过头，“虽然我今天说的事，会对星萌Ⅱ学院造成很不好的影响，但我还是要说，你有没有想过，窃贼根本就不是外面的人？”

顿时，连工作人员都窃窃私语起来，夏浣尘收起脸上的笑容，一双秋水般的眼睛审视地从辛安的脸上扫过。

“不是外面的人，难道蓝瑛说的是内贼吗？”

“我的天……她真敢说……”

“疯了，她究竟想干吗？”

辛安的手紧紧攥成拳头，面对着这么多双关注的眼睛，她感觉到自己的手心沁出了冷汗，刚刚她就连说话都想要颤抖，可是一想到蓝瑛坠楼前那张憔悴而苍白的脸，她的心中就又升起了无限的勇气。

“如果你们想知道真相，就请跟我来。”

一群人浩浩荡荡穿过走廊，路过舞蹈室、健身房……平心而论，星萌Ⅱ学院的设施十分先进，除了公共娱乐场所，每位成员都有自己单独的练习室和休息室。辛安脚步不停，一路往前走去，让江暖的心中不由得生出几分忐忑。

“蓝瑛到底想干吗？这件事闹大，庆功宴不就完全毁了吗？”

李樱哲罕见地没有接话，她脚步飘忽地跟在人群之后，整个人失魂落魄，不知道在想什么。

江暖终于意识到不对劲：“樱哲，你怎么了？脸色为什么这么差？”

李樱哲一惊，像只兔子一样跳了起来：“没……没什么啦……”

江暖狐疑地看着李樱哲，还没来得及开口再问什么，人群就已经停了下来。她抬头一看，辛安居然带着所有人来到了她的休息室前！

“蓝瑛，你这是什么意思？”江暖冲到辛安面前质问，“这是我的休息室，你带人跑到这儿来干什么？难道你要说是我偷了蓝宝石吗？”

“是不是你，进去看了就知道了。”辛安寸步不让。

江暖气得快要炸了，她转过头看向许定修：“总监！这是我的私人空间，你不能就这么看着她侵犯我的隐私吧？”

许定修迟疑地看向辛安。

辛安认真地说：“我知道这对于星萌Ⅱ来说是一件很严重的事，但越是可怕的伤疤，就要在还未恶化之前揭开来上药治疗，不然迟早有一天会酿成大祸。”

许定修的面色青了又白，心中大概已经猜到蓝宝石的失窃和江暖恐怕脱不开干系，在场的记者都目不转睛地盯着他，他只好下定决心。

“好，你开门吧。”

“总监！”江暖大叫。

许定修紧了紧自己的领带，今天的他少有地穿得正式，一身蓝黑色西装，领带打得一丝不苟，足以见得他对这个庆功宴多么重视。

然而他此刻说出的这番话，也令人动容。

“小暖，抱歉，我是这个学院的负责人，也是每一个成员的监护人，我需要保护每个女孩，请你理解。”他坚定地点点头，“开门吧，我叫工作人员把钥匙拿过来。”

江暖脸上的血色褪得一干二净，星萌Ⅱ学院的休息室除了她本人，只有总监有资格打开，这次许定修发了话，她知道自己在劫难逃了。

她脸色阴晴不定地看向李樱哲，压低声音：“你拿到项链以后，是故意拿给我，让我放到休息室来的？”

李樱哲的眼中露出恐惧，说不出话来，只顾着拼命摇头。

江暖的脑子里“轰”的一声：“蠢货！”

这个时候她已经无力阻止，辛安拿过钥匙插进锁孔里，“啪嗒”一声，在场所有人的心都悬了起来。不经意间，宿原溪瞥到夏浣尘脸上的神情，夏浣尘嫣红的唇畔噙着一抹淡淡的笑容，一派悠闲的模样，好像丢失的物品与她无关似的。

他心念一动，黑曜石般的眸子里闪过一抹暗金色的光。

门开了！

江暖的休息室和她着衣的风格一样，到处都是粉嫩嫩的颜色，樱花图案的窗帘和沙发，可爱的花瓣状水壶和挂钟……这个房间里所有的物件都一览无余，偏偏就是没有那个熟悉的蓝丝绒盒子。

“怎么会……”辛安走到屋子正中央，她迷惑地左顾右盼，别说是首饰盒了，就连粉色以外的东西都没有！

“怎么回事？不是说带我们查明真相吗？”

“不会是小女孩之间关系不好，扯上我们陪着玩游戏吧？”

记者们开始骚动起来，大家看向辛安的目光渐渐地带上了不解，辛安惊讶地瞥向站在外围的李樱哲，发现她也是一脸呆滞，好像完全不明白怎么会这样。

辛安强迫自己镇定下来：“没关系，这里每一层楼都有监控摄像。”

她清瘦的肩膀忍不住轻轻颤抖起来，忽然间一股温暖的力量握住她的肩膀，她回过头，看到宿原溪凝重的脸。

许定修决心要弄清楚这件事，他吩咐人送来监控视频，语气深沉地对辛安说："小瑛，你知道你爆出这件事，会有多严重的后果吗？"

"可是，我绝对不能就这样等着别人来污蔑我！"辛安摇头坚定地说，然而她心中的不安渐渐被放大。

很快，安保人员走了过来，把许定修拉到一旁匆匆说了些什么，他重新回来时，脸上的神情复杂极了。

"昨天早上开始，星萌Ⅱ的监控电路就断掉了，所有的摄像头都没开启。"

当许定修说出这句话时，宿原溪锐利的目光扫过在场每一个人的脸，夏浣尘依旧是那么云淡风轻，江暖的脸上闪过一丝意外，她惊奇地瞥了夏浣尘一眼，目光中的兴奋根本无法掩饰。

"什么？这不可能！"李樱哲脱口大叫，超高的分贝在人群中显得格外突兀。

终于，一直都没有开口的夏浣尘笑了，她的声音悦耳动听，好像夏天里的一泓清泉，潺潺流过每一个人的心田。她现在的样子和之前很不一样，张扬肆意如一朵艳丽摇曳的牡丹花。

"你怎么知道不可能？"夏浣尘懒懒地问，"难道我的蓝宝石项链，现在在你手上？"

"不不，当然不是我！"李樱哲如惊弓之鸟，连连摆手。

夏浣尘并不打算放过她："是吗？但我看你非常不对劲，我的传家宝价值八千万，如果失窃的话我肯定是要报警的。与其配合警方接受调查，我劝你不如现在乖乖说实话。"说到最后，她的语气变得狠厉起来。

李樱哲吓了一跳，连连摆手："不，真的不是我！"

她的目光忽然瞥到一旁的辛安，脑子一热指向她："是蓝瑛……这一切都是蓝瑛让我干的！"

第七章

烈焰中重生

1

李樱哲的一句话，立刻扭转了局势。

江暖的笑容更加甜蜜了，她笑嘻嘻地看着辛安：“不是说要带我们看真相吗？蓝瑛，你的真相就是贼喊捉贼吗？还说我欺负你，星萌Ⅱ里如果真的存在欺凌的话，就拿出证据来给大家看吧。”

辛安一下子说不出话来。

现在所有的矛头都指向了她，媒体记者们见并没有所谓的证据，全都交头接耳起来。

“这到底是怎么回事？我们不是真的被一个小女孩给耍了吧？”

“我觉得还是有问题的，不然为什么恰好电路断掉？”

“现在最重要的还是蓝宝石的去向吧？传家宝不见了，如果我是夏浣尘，可不会善罢甘休。而且，夏浣尘并不是一朵没有公害的白莲花……”

辛安的眉头紧锁着，脑海中不断冒出问号……为什么？到底是哪里出了差错？

当场抓到李樱哲窃取蓝宝石首饰之后，辛安从她口中得知，因为蓝瑛中途插班进入星萌Ⅱ学院，一跃成为人气最高的明星学员，李樱哲和江暖都非常不服气。特别是江暖，原本在蓝瑛来到学院之前，她的人气是最高的，因此她们两人才常常找碴欺负蓝瑛。不过通常江暖都是躲在李樱哲背后，给她出谋划策。这次盗窃蓝宝石首饰嫁祸给蓝瑛，也是江暖唆使的。

辛安生气极了，她原本的计划是以其人之道还治其人之身，让李樱哲拿着蓝宝石首饰交给江暖，然后自己再在媒体记者面前，当众揭穿江暖的真面目。

可为什么临门一脚，江暖休息室里的蓝宝石却不翼而飞了？

事情陷入了僵局。最可怕的是，原本只是假装失窃的蓝宝石现在真的不见了，而蓝宝石的主人夏浣尘如果要马上报警，在场的除了江暖不会有事，李樱哲和辛安都要吃不了兜着走！

夏浣尘并没有马上报警，她重新扬起一抹风情万种的微笑，懒懒地说：“说起来，庆功宴马上就要开始了，我们还是先下楼参加宴会吧？”

“啊，对对对！快去吧！”

“是啊，曹导演该等急了！”

记者们反应了过来，来时像龙卷风一样的人群又像龙卷风一般离开了。走之前，夏浣尘深深看了辛安一眼，不过辛安并没有注意到她的反常，只有站在人群外围的宿原溪精准地捕捉到了这一幕。

江暖从鼻孔里冷哼一声，跟在夏浣尘身后走了。许定修并没有马上离开，而是留在休息室里思考对策，今天出了这么一档子事，等新闻报道一出来，蓝瑛的大好前途说不定全都没了。

他死死地盯着辛安看了一会儿，叹了口气：“小瑛啊小瑛，你让我说你什么好呢……”

辛安抓住许定修的衣袖：“总监，监控电路断掉肯定是人为造成的——”

“够了！”许定修脸色铁青地把辛安拉到一边，压低声音，“你知不知道自己惹了多大的祸？蓝宝石首饰失踪了，你应该第一时间告诉我！我们一起想办法，而不是钻研歪门邪道把别人拖下水！”

辛安激动地大喊：“我没有说谎！这不是我和江暖之间的摩擦——”

“这个不重要了！”许定修打断她的话，语重心长地说，“小瑛，现在夏浣尘没有计较，只不过是碍于曹导演的面子，想要顺利举行庆功宴。如果这次宴会结束后你还拿不出蓝宝石，她一定会报警的！到时候你的演艺生涯就完了！”

许定修离开后，辛安精神恍惚地站在休息室里，一点儿也想不明白为什么事情突然变成了这样。

她百思不得其解，在蓝瑛的日记里，夏浣尘不是个亲切和蔼的前辈吗？可她现在对自己的态度完全不是这么回事啊。

“这个夏浣尘有点儿问题，你绝对不是她的对手。”低沉优雅的男声响起，宿原溪走到辛安身边，“我再劝你一次，马上跟我走。现在就回去，不用被卷进这些破事里，不是很好吗？”

“不好，我一定要找出真相。”辛安倔强地摇头，虽然现在自己憋屈到了极致，但她始终有种感觉……她离真相已经很近很近，只要再加把劲就能摸到了！

宿原溪终于忍不住了，他愠怒地皱起眉头：“可是蓝瑛已经死了！你再去纠结这些有什么用呢？每个人都有自己的命运，也许这就是她的宿命，已经逝去的生命是无法挽回的！”

辛安猛地转过头：“不是这样的！每个人的命运都掌握在自己的手中。不管多痛苦，多绝望，都不能放弃希望！要相信自己能赢！”

一瞬间，辛安的脑海中浮现出一抹挥之不去的身影，闪烁着动人的光辉。

在辛安的记忆中，妈妈牺牲得非常突然。爸爸去世后，母女俩度过了一段相依为命的日子。一次送辛安开学的途中，妈妈恰好碰到恶性抢劫事件，劫匪被人追赶当街绑架了一个小女孩做人质。妈妈毅然扑过去救人，虽然小女孩救出来了，她却不幸被砍中大动脉，因失血过多而牺牲。

妈妈去世之前，攥着辛安的小手留下了这番话。

从此之后小小的她就变成了可怜的孤儿，被父母的战友和同事们共同抚养长大，也继承了父母的遗志，想要当个正直的好警察。

看到辛安眼里涌出的点点泪光，宿原溪一下子愣住了：“你……你也没必要哭吧？我只不过提醒你一下，继续管这件事可能会越来越麻烦……”

“不用你管，不管结果怎样，我只求自己安心就好。”

辛安用力擦擦眼睛，转身走出了房间，留下宿原溪在身后盯着辛安的背影离开。

过了好一会儿，他低声嘟囔：“不回去就不回去，哭得丑死了。”

2

辛安没有马上下楼，她不甘心地回到蓝瑛的房间翻找了好一会儿，也没有发现蓝宝石首饰的踪影。

她静静地坐在床边沉思起来。

蓝宝石首饰凭空消失，丢失当晚监控线路断掉，这是一场谋划已久的栽赃，幕后主使肯定做好了万全的准备，不会让自己轻易抓住把柄。而李樱哲直指这一切都是自己主导的，即使大家心中可能都觉得此事有蹊跷，然而也没有切实的证据证明自己是清白的。因此现在的情况对自己很不利……宿原溪说得没错，她再留在这里，将面临的麻烦会非常棘手。

“嗡嗡”的振动声响起，许定修发来微信催促辛安下楼参加庆功宴。辛安刚走出电梯门，就响起一阵“咔嚓咔嚓”的快门声，闪光灯晃得辛安连眼睛都睁不开。

“女主角来啦！”

“看这边，看这边！”

绚烂的白色烟火中，记者们捧着相机不停地拍照，辛安还是第一次看到，原来星萌Ⅱ一楼大厅的所有落地窗都可以自动升起。

这一幕真是太唯美了，落地窗消失不见，从大厅望过去，一条星光小道映出点点光芒，如银河一般通往不远处的月湖，大厅中央的音乐喷泉开启了，和头顶上的水晶灯交相辉映，绚烂到了极致。人群让开一条路，露出舞台上晶莹璀璨的香槟塔，《甜蜜三次方》的演员和工作人员齐聚一堂，都在笑嘻嘻地朝辛安招手。

“小瑛，快来！”

庆功宴的开幕式就要开始了，按照惯例，是要全组人一起倒香槟酒，然后砸碎事先准备好的玻璃牌，代表着好兆头。

辛安提着裙摆刚要往台上走去，一个人影挡在了她面前。

“等等。”江暖拦住她，挑衅地说，“蓝瑛，我觉得在蓝宝石首饰还没找回来之前，你不应该参加庆功宴。毕竟你的嫌疑很重，如果留下你和其他主演的合照，等明天你进了班房，记者们可就要为难了，还要花精力 PS 掉你呢。”

“凭什么，我……”

辛安怒瞪着她，刚要反驳，没想到舞台上的曹导演开腔了：“你这个小姑娘，怎么这么口无遮拦，没凭没据的就叫我的女主角退出庆功宴？”

江暖吓了一跳，没想到这么有名的大导演居然会如此维护蓝瑛。

“我……我只不过是打抱不平而已……”江暖磕磕绊绊地说完，又求助地朝坐在宾客席中的夏浣尘看去，“夏姐，你说是吧？”

夏浣尘挑了挑细长的黛眉：“我们当然得给曹导面子，好好的庆功宴怎么能阻拦呢？以后的事以后处理。”

接着，她和气地对辛安笑了笑：“去吧。”

夏浣尘的态度就像是已经给她定罪了一样，辛安想到许定修之前说的话，倔强地抿了抿嘴唇，走到夏浣尘跟前，在众目睽睽中执拗地问：“这件事不是我做的，你知道的对不对？”

夏浣尘吃惊地看着辛安，似乎不明白辛安在说什么。

“对不对？”

辛安的目光在这个美人的面容上流连，想要找出夏浣尘与蓝瑛坠楼事件相关的蛛丝马迹。这大概也是夏浣尘第一次被人用审视的眼神盯着，她动了动身子，露出一丝恼怒：“你现在是在质问我吗？”

夏浣尘的脸色沉了下来，精致如画的眉目中透出一股狠厉，在场的记者们却发现，辛安居然一点儿都没有退缩。

莫名的对抗在两个人之间默默流淌，场上的氛围僵住了，发现有记者悄悄地举起了相机拍照，夏浣尘不耐烦起来：“当然不是，你有什么话等庆功宴后，再跟警察说吧。”

扔下这一句威胁，她就不打算再搭理辛安，可对方不依不饶。

“警察？如果我没记错的话，这件事明明和江暖还有李樱哲有关，而且扩大范围来说，整个星萌Ⅱ学院的工作人员都有嫌疑吧？你为什么独独点名我呢？还是说这里面有什么猫腻？”

夏浣尘被激得站起身来：“你说什么？我倒不知道什么时候星萌Ⅱ学院还开始培训警察了？”

许定修抹着冷汗拉住辛安：“小瑛你说什么呢？快，我们开始庆功宴吧！”

当红影后与新晋小花发生冲突，这个新闻已经超过了蓝宝石首饰失窃的劲爆度，记者们都快要兴奋得疯了，拼命偷拍各种镜头，有的还打开手机直播起来。直播间中，夏浣尘的粉丝纷纷留言，兴师问罪辛安，各种负面的言论将手机屏幕都刷满了。

“小瑛！”许定修倒抽一口冷气，一个箭步拽住辛安，“我们烟火表演要开始了，大家还是专注电影庆功宴吧。”

“你怎么敢这么跟我说话？”夏浣尘已经被激起了怒气，“报警，我要马上叫警察把你带走！”

“我看谁敢带我的演员走！”一直好脾气的曹导演突然发声，沉着脸看向夏浣尘，“浣尘，小瑛是什么样的孩子我还是明白的。你再好好想想，是不是有什么误会？”

“曹导演，实在是对不住您了，”夏浣尘的脸色阴沉得能滴出水来，“但关系到家父家母的定情信物，我实在是不能这么算了。”

她这个意思就是马上要追究蓝宝石首饰的去向？这哪里拿得出来？

现场一片混乱，许定修一个头两个大，他只好闭着眼睛喊：“烟火表演！烟火！”

一阵摇滚乐打断了现场所有人的争执，伴随着动感的鼓点声，舞台上升起漂亮的银色烟火。隐隐约约，辛安看见香槟塔前的人群让开一条路，火树银花间，一个高大的人影走出来。

“哇！是宿原溪！”

“他在干什么？连衣服都换了。”

烟雾渐渐散开，宿原溪那颀长挺拔的身影出现在舞台的正中间，他换上了蓝色的风衣，薄薄的唇边噙着一抹漫不经心的微笑。

他伸出修长洁白的手，轻轻在空气中抓了一下，攥紧拳头轻吹一口气，掌心瞬间燃起绚烂的蓝色火焰，犹如一朵美丽的玫瑰。

“哇！是魔术吗？”

“宿原溪还会变魔术？”

女生们都激动起来，烟火还在燃放着，宿原溪迈开笔直的双腿从舞台上走了下来，在众目睽睽下来到辛安身边，将手里的火玫瑰朝她递过来。

“干什么？”辛安后退了一步。

宿原溪微微一笑，凑到她耳边低声说：“拿着，待会儿我说什么你就做什么。放心，我绝对不会伤害你。”

两个人亲密的举动引发一阵尖叫，记者们都觉得自己没白来，拍个不停，只有夏浣尘狐疑地看着辛安和宿原溪，眯起眼睛不知道在想什么。

辛安迟疑地伸出手，蓝色火焰到了她手中，忽然一闪就变成了一朵真正的玫瑰，娇艳欲滴的花瓣上还沾着晶莹的露水。

“哇！”辛安猛地瞪大眼睛，周围的人也发出惊讶的赞叹。

“好神奇呀！”

“居然能把火焰变成真正的玫瑰，就像魔法一样！”

宿原溪的举动很快转移了大家的视线，也缓和了辛安和夏浣尘之间的剑拔弩张。他弯了弯优美的嘴唇，朝大家眨了眨眼睛，流露出的自信和优雅马上迷倒了一票人。

“我这可不算魔法。”他微笑着说，“接下来，才是见证奇迹的时刻。”

3

宿原溪低下头，柔声对辛安说：“烟火马上就要放完了，最后会有个最大的粉色爱心形状的烟火，你就在爱心烟火升上半空的时候对着玫瑰吹一口气。”

他的气息萦绕在辛安的脸颊边，带着清新的迷迭香味道，伴随暖暖的呼吸拂过，让她有一瞬间的失神。

辛安强迫自己回过神来：“我为什么要相信你？”

“因为你现在只能信我。”

宿原溪的目光锐利起来，辛安的心脏“怦怦”地重重跳了两下，夏浣尘正虎视眈眈地看着她。

她一咬牙：“好。”

银色瀑布般的烟火熄灭了，就当大家以为表演已经结束，开始陆陆续续鼓掌时，“砰”的一声巨响，圆形舞台上空绽放出一朵粉色的美丽烟花，漂亮的烟花升到半空中缓缓落下，拼凑出一个可爱的爱心形状。

“快，吹气！”

辛安慌忙举起手中的玫瑰，轻轻吹了一口气：“呼……”

她只觉得自己手中的玫瑰猛地一重，娇艳的玫瑰居然变成了一个蓝丝绒首饰盒。

“什么？”江暖失声叫了出来，她一眼就认出这是那个用来装蓝宝石首饰的盒子。

夏浣尘自然也看到了，她的脸色一下子变得阴晴不定，身边的记者们都快疯了，一个个拼命往两个人身边拥。

“这是什么？宿原溪送给蓝瑛的定情礼物吗？”

“他们是要公开了吗？”

“天啊！今天的大新闻真多！头条到底报哪一个啊？”

宿原溪拉住辛安的手，以迅雷不及掩耳之势在她脸上亲了一下，辛安瞬间石化在原地。

“哇哇哇！真的是公开！我的天啊！”

“公开秀恩爱，好劲爆！”

趁着辛安还没反应过来，宿原溪从她手里拿走盒子，当着所有人的面打开，一套耀眼的蓝宝石首饰静静地躺在里面，正是夏浣尘的传家宝。

“之前，听说夏前辈和我女朋友之间有一点儿小误会，我想现在该是解开这个误会的时候了。”

经过麦克风的放大，宿原溪的声音低沉浑厚，犹如陈年美酒那样醉人：“我能证明，这套蓝宝石首饰，绝对不是我女朋友拿的。”

底下的人听到“女朋友”三个字，又爆发出一阵兴奋的议论，曹导演笑着摇摇头，也一脸慈祥地看着这对年轻男女，一副“我见过的世面比你们吃过的大米还多”的模样。

夏浣尘目光冰冷：“说失窃的是你们，现在拿出宝石的也是你们，我还能说什么？”

“夏前辈的蓝宝石首饰，的确在昨天失踪过。”宿原溪轻描淡写地解释，“虽然这栋大楼里的监控电路昨晚断掉了。不过很幸运的是，我身上的手机拍到了那个窃贼的模样，为了防止她销毁证据，我做了完全的保护措施。”

辛安愣愣地看着宿原溪，那一记轻吻犹如天雷在她脑子里炸响，她现在无法集中精力听他在说什么，而夏浣尘抿起了红唇，目光阴冷地看着他们。

“我已经直接把这段视频发到了网上，大家点击‘青柠小视频’网站的首页就可以看到，蓝宝石首饰的失窃与蓝瑛没有半点儿关系，倒是在场的某个人，一直扮演着天真无辜的角色，嫁祸给别人！”

宿原溪转过黑曜石般的眼睛，洁白修长的手指直直地指向人群后方的一个人：“就是你，江暖！”

人群一片哗然，所有人的目光齐刷刷地看了过去，江暖正想偷偷往人群外开溜，突然被叫住的她一下子僵在原地。她的粉色手机里播放着一段视频，正是宿原溪所说的证据。

视频中，江暖怀抱着蓝丝绒首饰盒，鬼鬼祟祟地穿过走廊。

“居然是你！”许定修脸色难看地瞪着江暖。

江暖的脸涨得像番茄一样红：“视频是假的！我……我只是抱了一个和这个首饰盒很像的盒子罢了！”

她话音刚落，视频中的她就贼兮兮地打开盒子，往里看了一眼，蓝宝石首饰清晰地出现在画面中。

“直到现在还想抵赖吗？”宿原溪轻蔑地瞥了她一眼。

他那副睥睨一切的淡漠模样戳中了很多女生的心，现场顿时议论纷纷。

“宿原溪好帅啊！”

“为女朋友出头，又有智谋又有担当，我以前都不知道他是这样的明星！”

“呜呜呜，可惜他今天宣布了恋情……没机会了！”

听着大家的评价，宿原溪得意地扬起一抹笑，握起辛安的手放在唇边吻了一下：“那当然，敢伤害我女朋友的，我绝对不会轻易放过。”

“别演了，你这个戏精！”辛安压低声音呵斥，赶紧从宿原溪掌心里抽回自己的手。

宿原溪接二连三地做出这种暧昧举动，害得辛安的心脏一直“扑通扑通”狂跳个不停，耳根子都红得发烫。

她强行让自己镇定下来，接过麦克风：“除了这些，我还从李樱哲那里得到了证词，她之前欺凌我，对我做出的种种暴力行为，全都是江暖在背后唆使的！”

江暖的脸色红了又白，白了又青，像开了个染坊。

“当初在我试镜《甜蜜三次方》时，李樱哲曾因为半空中绳索断裂而受伤，这件事明明是你的‘杰作’，”辛安不紧不慢地说，“可是你却告诉李樱哲绳子是我弄断的，你还一直对她说，因为我突然加入星萌

Ⅱ才导致她的名额被抢。她不能出道当明星，毕不了业，都是因为我。”

辛安洁白的小脸上神情严肃：“江暖，你有什么要辩解的吗？”

江暖的手攥得紧紧的，长长的水晶指甲陷进了肉里：“我……”

见江暖支吾半天都说不出什么话，辛安的心中涌起一股酸楚……是江暖使得蓝瑛被逼迫，被欺凌，最后走上绝路，全都是眼前这个长相甜美却心如蛇蝎的少女一手造成的！

蓝瑛，等我把她送进监狱，你的在天之灵就可以安息了！

“那么，”辛安深吸一口气，“我会把上述这些情况如实告诉警察的。”

江暖惊恐地抬起头：“什么？报警？不不……不要报警！”她要冲过来抱住辛安，被宿原溪伸手挡开了。

她再也没有少女偶像的甜美与优雅，状若癫狂地伸手想要抓辛安：“你听我解释！我……我可以道歉！那些事我都没做，是李樱哲编的谎言！”

见辛安完全不听她的辩解，江暖慌了神，犹豫不决地看了看坐在嘉宾席的夏浣尘，似乎在下什么决心。

下一秒，一道懒懒的女声响起。

“我想……报警就不必了吧？”

4

“什么？”

辛安扭过头，震惊地看着声音的主人——夏浣尘。

夏浣尘拢了拢银色长裙，水盈盈的目光中带着一丝悠闲笑意：“既然是误会，那说开了就好了，况且蓝宝石首饰也被找到了，这不是很好吗？”

“可是江暖的行为……”

“我说了，这只是个误会。”夏浣尘深深地看了一眼辛安，又风情万种地笑起来，“这件事，是一个小玩笑而已，本来只是为了活跃活跃气氛,等宴会结束后我再揭露出来,没想到居然被你们一下子就识破了。”

辛安的神情一下子变得茫然：“你在说什么……”

“现在的新人真是了不起，这么聪明又有勇气。”夏浣尘像是变了一个人，亲切又温暖地替江暖开脱，“小瑛，蓝宝石的事其实我从头到尾都知情，之前小暖说想和你开个玩笑，所以我就同意了她这么做……不过没想到你对她的误解居然这么深。所以报警什么的，实在是没必要闹这么大，你说对吧？”

辛安终于明白夏浣尘在说什么，一下子如遭雷击，不敢相信地看着她。

“怎么可能是误会？你刚刚明明那么肯定，还逼着让我拿出宝石来！”

宿原溪紧紧地抿住唇瓣，沉默地站在辛安身边。

夏浣尘轻飘飘地一笑：“都说了是误会啦！女孩子之间开开玩笑，怎么就能说是欺凌呢？你也别太敏感了嘛。”

“这根本不是……”

辛安还要据理力争，夏浣尘却不怎么感兴趣地转过了脸。宿原溪轻轻捏了捏辛安的手，他心中明白这件事夏浣尘不愿意追究，也就只能到此为止了。

“哈哈，原来是误会啊！解开就好，解开就好！”许定修巴不得把这件事轻飘飘地带过，第一个鼓掌响应，媒体记者们也都互相对视一眼，稀稀拉拉地鼓起了掌。

“等等！你们怎么能这样？”

辛安不服气地还要争辩，而许定修已经找人把逃过一劫的江暖带了下去，重新吩咐乐队奏乐，让事先请好的服务生送上香槟。

在一片歌舞升平的盛景下，《甜蜜三次方》的庆功宴又热热闹闹地继续起来，人们三三两两地聚在一起，很快又谈笑风生。

“这件事就这么结束了？这些人都没有觉得不对吗？”

辛安呆愣愣地看着路过自己的每一个人，她实在无法理解，大家好像都在粉饰太平，仿佛只要没有闹出大事就不算什么问题。宿原溪紧紧地握着她的手，看着她苍白的小脸，觉得自己的心被揪了一下，隐隐作痛。

“我知道，我知道……你已经尽力了。”宿原溪低下头，声音轻柔地安慰着。

辛安沉默了半晌，无力地擦了擦眼睛：“好不甘心啊……”

“我明白，我明白的。”

宿原溪想要出声多安慰几句，发现有不少人好奇地看过来，他下意识地用身体挡住辛安，拉着辛安躲进大厅里偏僻的角落，两个人的交谈就像是恋人之间的喃喃细语。

他轻声安抚了她好一会儿，低沉悦耳的嗓音仿佛富有魔力，渐渐地平复了辛安愤怒的心，她吸了吸鼻子。

“谢谢，不过你是怎么找到宝石的？”

宿原溪认真地盯着辛安看了好几眼，发现她并没有被残酷的现实击垮，这才放下心来。

“我第一眼看到夏浣尘的时候，就觉得这个女人不简单，”他蹙着乌黑的眉毛，“你还记得我们第一次见面时，我放进你口袋里的那部手机吗？”

辛安莫名其妙："那部三无机？"

"什么三无机？"宿原溪没好气地敲了敲她的头，"它可是我一个朋友的最新发明的高科技产品。"

"高科技……"

"这部手机在关键时刻，可以组装成无人机，自带监控拍摄功能。"

看着辛安吃惊的眼神，宿原溪露出一抹洒脱不羁的微笑："要不然，整座星萌Ⅱ大厦的监控电路都断掉了，我是怎么拍到江暖的罪行的？"

"不过，"他的神色严肃起来，"蓝瑛在刚到星萌Ⅱ学院时，曾经做过夏浣尘MV的女主角。我猜测，选择她成为牺牲品是夏浣尘的主意。"

辛安睁着大大的眼睛，难以置信："可是为什么？她和蓝瑛彼此又不认识……"

"这个，恐怕只有夏浣尘自己才知道。"宿原溪俯下身摸摸她的头，黝黑的眸子里闪烁着悸动的光，"不过千万不要自责，蓝瑛她会感激你的。辛安，你已经做得很好了。你是我见过最正直，最勇敢的女生。"

辛安呆愣愣地抬起头，直直地撞进了宿原溪那双深邃的眼睛。

"夏浣尘是蓝宝石的主人，她不愿意报警，你最多只能告江暖一个欺凌罪。不过李樱哲是墙头草，根本不可信，你也没有别的证据。"宿原溪俊美的面容上浮起一丝愧疚，"辛安，这个世界上有很多事真的让人无可奈何。"

耳边回响着小提琴抒情优美的旋律，那优雅的弓弦却像是一把刀，一刀刀割在辛安的心上。

"我懂。"

辛安点点头，眼泪如雨一般落下，宿原溪伸出手轻轻擦了擦，他的脸上始终挂着笑容，那笑容充满苦涩。

"对不起，其实我希望你永远也不要懂。"

辛安的心底好像有一根弦，被轻轻拨动了一下，水晶灯暖橘色的光芒下，宿原溪的神情是如此温柔，好像收起了所有的锋芒，目光中带着深刻的痛楚与怜惜，和这里的所有人都不一样。

“我现在开始有点儿相信你不是坏人了。”

虽然宿原溪身上还是有很多疑点，但如果他是坏人，完全可以不用管她是不是被人污蔑，也不用费尽心思替她找回宝石。

辛安微红着脸移开视线，说不清自己心中升起的那一点儿悸动是为了什么。宿原溪愣了一下，他的目光中仿佛有微光涌动，似乎有什么话欲言又止。

“我答应过的，会和你一起回去，”辛安看着人群中众星捧月般的夏浣尘，“不过，我还是要找夏浣尘问个清楚，蓝瑛和她无冤无仇，她为什么要害人。”

宿原溪紧紧地盯着她，黑黢黢的眼中似乎有什么在涌动：“你真不后悔放弃这里的一切？”

见辛安面露不解，他又补充道：“你马上就要当明星了，又拍了电影，前途一片光明……”

“可那和我有什么关系，”辛安奇怪地说，“那是蓝瑛的人生啊！”

“财富、名气唾手可得，难道你就一点儿都不动心？而且能轻易完成这么多女生都遥不可及的梦想……”

“我想你是搞错了，”辛安斩钉截铁地打断他的话，“当明星可不是我的梦想。我的梦想从头到尾只有一个，就是做一个好警察，查明真相，将坏人绳之以法。”

宿原溪终于不再开口，只有眼底闪烁着的暗金色光芒，展示了他内心的不平静。

5

宴会结束后，夜风渐渐地凉了起来，天边的乌云遮住了皎洁的月光，看起来像是要下雨。

宾客们都纷纷离开，夏浣尘一边和人谈笑着，一边款款地走向停在门口的豪车，戴着白手套的司机拉开车门，等着她弯腰坐上去。

“请等一等！”辛安急匆匆地跑出来，成功地在最后一秒阻住了她。

夏浣尘挑起修长的黛眉：“有事？”

风雨即将来袭，宾客们顷刻间散了个干净，辛安听见耳边风“呼呼”地刮着，眼前的夏浣尘的眉目浸入如墨的夜色中，散发出罂粟般的魔力。

“为什么是我？”她鼓起勇气，“李樱哲和江暖一直都在针对欺负我，背后是你在唆使吧？还有蓝宝石失踪事件，也是针对我策划的……”

“我不明白你在说什么。”夏浣尘打断她的话。

辛安语速急促地继续道：“我和你到底有什么恩怨？你是想看我无助崩溃吗？我只是一个籍籍无名的新人，毁掉我的前途对你有什么好处？”

“你是有被害妄想症吧？”夏浣尘并不承认，她嗤笑一声，“蓝瑛小姐，你自己也说了，你和我没有半点儿关系。哪怕你去报警，在警察面前也说不出我的动机，我毁掉你对我有什么好处？”

“你……”

“不过……这个世界上懦弱碍眼的人，本来就该消失。”夏浣尘的语气忽地变得冷酷起来，她的眼眸暗沉无光，“你应该庆幸，你并不像我想的那样怯懦。”

扔下这句话，夏浣尘坐上银色豪车扬长而去。

下雨了，一滴凉凉的雨丝落在辛安的脸上，她忍不住颤抖了一下，紧接着，又有无数细小的水珠飘落，拍打在她的脸上。

她仰起头，看着漆黑一片的夜空：“真冷啊……”

雨势虽然不大，但很快就打湿了辛安身上的白裙子，她没有去躲雨，而是抬起头看着眼前这幢银色的大楼。服务生在陆陆续续地清理现场，没有人关注站在外面的自己。她突然产生一种前所未有的倦怠，好像自己和这个世界格格不入。

“别傻站在这！”

一件带着体温的外套被扔了过来，正好盖在辛安头上，她愤怒地从里面挣扎出来：“宿原溪！你干什么？”

“问出结果了吗？”

宿原溪把辛安拉到保安亭的屋檐下，不由分说地伸手去擦她脸上的水珠，她下意识地仰起脸，直到宿原溪那温暖的手指触及她的脸庞，两个人才像是触电似的愣了一下。

这么多天互相陪伴，还一起拍电影，辛安这才发觉自己和他不自觉间动作都亲密了很多，她的脸一下子烧红了。

“差不多了，”辛安含含糊糊地说，转移话题，“那什么，已经准备好了，你现在就带我回去吧。”

“咯咯，”宿原溪咳嗽两声，“那个，有件事我想了想，觉得得向你坦白。”

宿原溪的脸色变得肃然，黑沉沉的眼眸里似乎有什么在涌动：“在这之前，你能不能回答我，蓝瑛给你的 VIP 卡还在吗？”

辛安的手下意识伸进礼服裙的口袋里，一张黑色卡片正静静躺在那里：“还在，怎么了？”

宿原溪苦笑一声：“观花阁的影厅非常特殊，如果你没有 VIP 卡，哪怕是进入了影院看到的也只是一些普通的海报，打开包厢门也只是普通的私人影院房间，根本进入不了另一个世界。”

“也就是说，那张卡是一个通行证！”辛安恍然大悟。

“没错，而且这张卡没有辨别主人的功能，”宿原溪的目光微黯，“只要持有 VIP 卡的人就能进入不同的世界，但我是观花阁的主人，

除了能把他们从别的世界带回来，还有一个能力。”

宿原溪抬起头，目光如炬：“那就是，我可以追踪到这张 VIP 卡最初的主人是谁，这也是为什么，刚才蓝宝石的事我马上有了怀疑对象。”

“蓝瑛这张卡片最开始的主人，是夏浣尘。”

“轰隆！”

雨势渐渐大了起来，一道闪电劈过，辛安的耳边炸响了巨大的雷声。

辛安的脸色苍白，盯着眼前高大俊美的青年看了许久。宿原溪被她盯得有些不安，他一开始隐瞒了这些，也是不想让辛安知道得太多，可现在他居然感到一种前所未有的害怕，生怕自己和辛安之间好不容易得来的信任就此毁于一旦。

辛安沉默了一阵才开口：“我知道了，你带我回去吧，按照约定我不会跟任何人说起观花阁的秘密。”

良久，宿原溪才点点头。

“待会儿我手中会出现一朵紫阳花，”宿原溪示意辛安看他的手，“到了正确的时机我会提醒你，你和我一起握住这朵花。”

说到这里，他又加重了语气，强调着：“记住，当紫阳花出现时，你只需要抓住花，绝对不可以碰到我的人！知道吗？”

辛安一愣，脑海中浮现出蓝瑛画的那张卡片……她最后留下的水彩画正是一朵紫阳花。

“我明白了。”她在心里打定了主意。

宿原溪闭上眼睛，双手在胸前交叉……随着淅淅沥沥的雨声，神奇的一幕出现了！

他缓缓摊开手，一朵光影汇成的紫阳花苞慢慢地显现出轮廓，在漆黑的夜里散发出柔柔的光辉。起初花苞只有鸡蛋大小，辛安屏住呼吸，看着它慢慢长大，舒展开金色的枝叶，层层叠叠的花瓣轻轻散开，绽放出耀眼的金光。

“快抓住它！”

眼看着花朵完全绽开，宿原溪大声提醒，他不经意间瞥到辛安的脸，心里“咯噔”地沉了一下。

辛安深吸一口气，洁白的小脸上露出一丝坚定：“对不起！”

说着，她伸开双臂，连同宿原溪和花朵一起紧紧地抱住！

第八章

危险的世界

1

“你疯了！”

宿原溪爆发出一声怒吼，一道刺眼的白光闪过，辛安下意识闭上了眼睛。当她再次睁开时，发现自己已经站在了观花阁的影厅里，身上还穿着三个月前潜入观花阁的那套运动装。

“我们回来了？我有没有变回自己的样子？”

辛安刚想摸自己的脸，手腕就被宿原溪狠狠抓住，他怒极地大吼：“你知不知道自己干了什么？辛安，你什么意思？”

辛安只感觉自己的手被他握得发痛，好一会儿才找回自己的语言：“我们就这样回来了？我以为会有什么不一样的东西出现……”

“什么不一样的东西？你有病吧？”宿原溪濒临崩溃边缘。

辛安不明所以：“不是，你冲我吼什么啊？我答应你不把观花阁的秘密说出去，但没说我不会自己调查啊！再说你在另一个世界的身份是大明星，但还是长着自己的脸，这件事你也没法解释吧？你为什么能在两个世界中穿梭,还有刚刚那朵紫阳花……你还有很多重要的事瞒着我，我必须要找出这些秘密的答案。”

“你疯了吗？”宿原溪气得甩开她的手，优雅的风度荡然无存，“我的事跟你有什么关系？”

“怎么没关系？”辛安毫不示弱，“我认为你不是坏人，还有我想弄清楚真相！这是我必须做的！”

宿原溪怔住了，辛安那双眼睛澄澈而纯粹，那投射出的情感除了对真实的渴求，还有隐隐的关切，那是一种他完全不熟悉的情感……他在这个世界上早就没有了亲人，也没有朋友，向来都是孤身一人。

“你根本不知道事情有多严重。”宿原溪泄了气，像困兽一样在影厅里来回走动。

辛安从未见过宿原溪如此焦躁不安的样子，他好几次走到她面前，目光凛冽，似乎想要说什么，却都再度走开了。

“那是多严重，你告诉我啊！”辛安急得要骂人。

宿原溪神情凝重，眯了眯狭长的凤目：“如果你知道自己这是在找死，就不会这么问了，其实……”

他刚想说什么，口袋里的手机“嗡嗡”振动了起来，辛安只看到屏幕上一闪而过的字符“∞”。宿原溪马上变得神色严峻，走到一旁接起电话。

辛安竖起耳朵想要偷听，但宿原溪十分警觉，声音小到她连半句都听不到。

不过“∞”这个字符，也完全不是平常人会用的昵称吧？

“∞”在数学上是无限的意思……很多人连读都不会读呢！

很快，宿原溪打完电话走了过来，辛安扬起笑脸刚要卖个萌，套套近乎，没想到他白皙的脸仿佛覆上了一层冰霜。

“你走吧。”

“啊？”辛安的笑容凝固在脸上。

“听不懂我说的话吗？这里不欢迎你，”宿原溪神情冷酷，“请你现在就离开，不要等我赶你。”

“现在？”辛安看了一眼时间，“现在可是凌晨一点多！”

“不然呢？难道还等我送你吗？”宿原溪转身离开了，影厅幽幽的蓝光映在他身上，衬得他如一尊优美的雕像。他的身影渐渐地隐入黑暗中，消失不见。

这一百八十度态度大转变让辛安目瞪口呆，过了好久她大叫出声：“这什么人啊？”

夜色深沉，天空中连一颗星星也没有，空旷的街道上安静得可怕，路灯把辛安的身影拉得老长。

“哐当！”

漆黑的夜色中，她一边踢着易拉罐一边郁闷地往家走。这个时间，地铁公交车都停运了，用打车软件也根本打不到车。不过辛安也没想到，自己在变成蓝瑛的那个世界待了三个月，回来以后的时间只不过流逝了两个小时。

“难道说，我进入的世界只是一部电影吗？”

两个小时，正好是一部电影的时长。

“啊啊！宿原溪到底为什么突然翻脸啊？”辛安仰天长啸，“观花阁到底有什么秘密？”

正喊着，背后忽然袭来一阵风，辛安下意识地一个回身飞踢。

“砰！”

“啊！”

一声惨叫响起，随着“当啷”的棒球棍落地声，一个矮小的人跌倒在地上，他身后还站着一个高瘦的黄毛青年，手里也拿着棒球棍。

“你们想干什么？”辛安厉声呵斥。

黄毛吓了一跳：“把……把钱交出来！”

“抢劫？”辛安挑了挑眉，“这里离派出所只有五分钟的路，你们在这儿抢劫？”

“少废话，不想挨打就拿出钱来！”

“现在大家都用手机转账，谁还带现金啊？”辛安无奈地回答。

“那就把手机拿过来，给我们转账！”

辛安皱起眉头，没想到自己居然会遇到两个如此智障的贼：“可你们只有实名了，我才能给你们转账成功，这样你们的真实身份不就暴露了吗？”

“那……”瘦高黄毛犹豫了，矮个子从地上爬起来：“陈哥咱别废话了，削她！”

两个人张牙舞爪地挥着棒球棍朝辛安冲来，她深吸一口气，迎了上去——

既然你们不长眼送上门来，就别怪我下狠手！

十五分钟后，辛安拎着两个被打得鼻青脸肿的人，一手一个，扔在了派出所的门口。

“呼……爽快多了。”出了心中的闷气，辛安拍拍手，擦去脸上的汗，潇洒地转身，“回家睡觉！”

算了，本来还以为能和宿原溪成为朋友，没想到他这么没风度，她扮演蓝瑛三个月也真的很累了，还不如早点儿回家休息。

2

微风轻轻吹起茶色窗帘，越来越刺眼的阳光被遮光窗帘挡在屋外，但是让空气中的温度渐渐升高，躺在床上的辛安翻了个身，无意识地蹙起眉头。

“好热啊……”

半梦半醒间，辛安皮肤沁出绵密的汗珠，被汗湿透的床单黏在身上异常难受。这时，房间里响起优美的钢琴曲旋律，将迷迷糊糊的她叫醒。

“喂？”

“小安！”充满元气的女声从话筒中传来，“哇！你居然比我起得还晚？真难得啊！快点儿起来，我们一起去新开的‘蜂蜜幸福’蛋糕店吃早餐！”

“嘉嘉？”辛安猛地睁开眼睛。

她连忙从床上坐起身，恍然间发现自己回到了阔别已久的家，茶色窗帘、米白色床单、纯色桦木桌……曾经被齐佳嘉吐槽过“直男审美”的卧室，现在看来居然那么可爱。

“我回来了……真的回来了！”

她欣喜若狂，昨晚回到家已经困到极点，所以没开空调就睡着了，难怪屋子里这么热。

“你去哪了？什么回来？小安你在说什么？”电话那头，齐佳嘉奇怪地问。

辛安回过神来：“没什么，嘉嘉你打电话来我好高兴！待会儿早餐我请客！”

“你搞什么啊？”齐佳嘉嚷嚷，“不过我已经录音了！你说的请客啊！”

“没问题，想吃多少点多少！”

挂断电话，辛安冲了个凉，随便套了件白 T 恤就出门了。

大街上，女生们都穿上了漂亮的短裙，成了一道亮丽的风景线。齐佳嘉约的是一家最近在网上很红的蛋糕店，辛安比她早到，蛋糕店的玻璃门上映出她现在的模样，清秀白净的脸，T 恤短裤加帆布鞋，而且还没擦防晒霜。

要是还在星萌Ⅱ，许定修现在肯定已经大呼小叫起来了。

“小安！”

一只手从背后拍了一下辛安，她转过身，对上齐佳嘉那张笑容满面的脸。

“久等啦！我化了个桃花妆所以晚了一点儿，我的眼妆好看吗？”

齐佳嘉穿了一件飘逸的深蓝色星空纱裙，配上浅灰色小飞袖 T 恤，脸上的妆容粉嫩少女，多了几分文艺浪漫的女神气息。

“好看！”

“嘉嘉我好想你！”辛安开心地抱住她。

“什么呀，我们不是昨天才见过吗？”齐佳嘉哭笑不得，在辛安的脑门上弹了一下，“好啦！别以为嘴甜几句我就不会让你请客。告诉你，这家店的蛋糕可贵啦！”

“吃吃吃！我请！”

“蜂蜜幸福”蛋糕店装潢得很可爱，到处都是金灿灿的颜色，店里的桌椅都打造成蜜罐的形状，两个女生有说有笑地走进这家可爱的店，一口气点了满满一大桌子的甜点。

“蜂蜜软心芬兰卷、蜂蜜巧克力棉花糖、蜂蜜甜心布丁……”齐佳嘉两眼发光地数着桌上的食物，“哇，小安，你这是要掏空钱包呀！”

“为了我可爱的嘉嘉，让我掏空钱包吃泡面过日子我也愿意。”辛安笑嘻嘻地捏了一把她的脸。

她们平时每天都见面，在齐佳嘉看来她们只分别了一天，可只有辛安自己知道她去了蓝瑛那个世界，三个月没见到齐佳嘉，她有多寂寞。

两个人打打闹闹了一阵，齐佳嘉兴致勃勃地打开手机给她看：“小安，你看我在火音 APP 上的视频，现在也有好几千粉丝了呢！大家都很喜欢看我跳舞。”

“你本来就跳得很好看呀！”辛安顺口夸赞，现在她怎么看齐佳嘉怎么好看。

齐佳嘉喜滋滋地趴到她耳边，小声说：“小安，你说我辞职去参加明星选秀怎么样啊？”

“你认真的吗？”辛安惊讶地瞪着她。

没想到这次齐佳嘉的反应比之前任何一次都要激烈：“认真的啊！在大舞台上表演是我的梦想！”

“可是，也没必要辞职啊……”辛安怔愣半天，“你跟齐叔叔商量过吗？”

“没有，我爸一定不会答应我的。他一直觉得当警察是世界上最棒的工作，怎么可能会理解我？”

辛安感到一阵悲凉，眼前香甜的蛋糕也吃不下去了……她努力了这么久也没办法当警察，可好闺蜜却要辞职，她觉得自己无论如何也不能接受。

“嘉嘉，你再想想吧。”

“不用想了，”齐佳嘉眼睛闪闪发亮，“反正队长罚我停职一个月，听说星萌Ⅱ学院要举行‘星萌 101’女团选拔赛，我要好好努力，争取当上练习生！”

“什么？”

“不行！你绝对不能去！”辛安激动得从椅子上站了起来。

突然拔高的分贝，让店里熙熙攘攘的人声仿佛被按下了暂停键，所有人的目光都汇聚到辛安身上。

齐佳嘉拉着辛安的衣角，压低声音道：“你快坐下啦！好丢脸！”

辛安却没有听齐佳嘉的话坐下来，她又惊又怒，脑子“嗡嗡”作响：

“你疯了！你忘了蓝瑛是怎么死的了？还要去星萌Ⅱ学院那个地方？”

“蓝瑛不是自杀吗？检验报告都出来了。”齐佳嘉一脸莫名其妙，“而且学院态度也很好呀，不但组织粉丝举行悼念活动，还给蓝瑛的家人募捐了好多钱呢，现在媒体都说他们是良心企业。”

“就是！你凭什么说星萌Ⅱ不好？我们家小暖也在当学员呢！”

旁边桌一个胖胖的女孩子转过身来，不满地瞪着辛安，其他桌也有好几个江暖和李樱哲的粉丝，纷纷替自家偶像打抱不平。

“是啊！蓝瑛去世以后，我们家小暖哭得好惨，都脱水去医院了！”

“就是，樱哲还说了她在学院最好的朋友就是蓝瑛，带领粉丝情真意切地给她点蜡烛。”

“你凭什么说星萌Ⅱ不好！”

听着粉丝们的控诉，辛安的脸色红了又白，她对那个地方一点儿好印象都没有，李樱哲和江暖还有脸带头祭奠蓝瑛……难道迫使蓝瑛结束悲惨短暂一生的人，不正是这两个“无辜”的人吗？

辛安深吸一口气：“不……就算你一定要去参加选秀，也一定不要去星萌Ⅱ。”

“小安，你今天到底是怎么了？”齐佳嘉急得像热锅上的蚂蚁，“为什么呀，星萌Ⅱ到底是哪里不好？你是不是因为蓝瑛的意外而有什么心理负担？”

“别说了！”辛安大吼一声，打断了她的话。

齐佳嘉被吼得瑟缩了一下，露出受伤的神情，看得辛安的心里又苦又涩……

辛安，你真是没用，除了对朋友发脾气你还会什么？你真是个彻头彻尾的失败者！

心中的火焰在熊熊燃烧，辛安害怕自己控制不住暴躁的情绪，转身离开了蛋糕店。

3

“嘟嘟……”

听筒里传来绵长的忙音，辛安第一百次按下挂断键，郁闷地叹了口气。

这还是她第一次和齐佳嘉吵架，还是为了一个无法解释的原因，也难怪齐佳嘉生气。不过哪怕重来一次，她觉得自己还是会阻止齐佳嘉去星萌Ⅱ参加选秀的。

她换上运动装备，“唰”地一下拉开窗帘：“算了，还是让运动来纾解郁闷的心情吧！”

从上午一直跑到烈日当空，辛安尽情挥洒着汗水，在奔跑的韵律中仿佛能忘记一切烦恼……她几乎是绕着半个城区跑了一圈，才擦着汗拐进家门口菜市场的那条小路。

在另一个平行世界，因为代替蓝瑛生活，要注意公众形象，辛安已经很久没有这么酣畅淋漓地在街上跑过步了。每天面对着静谧优美的月湖、银色玻璃的摩天大楼，辛安觉得整个人压抑极了。只有回到这里，听到熙熙攘攘的人声，闻到豆浆油条包子的诱人香味，她才算是真的活了过来。

她眼明手快地抢到了最后一块荷叶酥饼，看着没抢到的人怏怏地走开，辛安突然觉得心情好了一点儿，她咬了一口清香酥脆的饼。

“呼……活着真好呀！”

要是蓝瑛也生活在这么热闹的街头，一定舍不得离开这个世界。

辛安转身准备离开，忽然眼前一黑，不知道和谁撞了一下。

“哎呀！”

“哐当！”

一篮子鸡蛋掉在地上，瞬间摔了个粉碎，看着蛋清和蛋黄混在一起，原本挎着篮子的老大爷呆住了。

“啊！”辛安顿时手足无措，“对……对不起！”

刚刚那一下撞得太用力，她刚咬了一口的荷叶酥饼也掉落在地上，不过她现在也顾不了那么多了。

“我的蛋啊！这是我攒了一个月准备拿到城里卖的！”

大爷心痛地蹲在地上，试图把碎裂的蛋一个个捡起来，他满脸皱纹，穿着一身朴素的半旧蓝色中山装，手指上满是老茧，一看家境就不宽裕。

“这小姑娘怎么回事？太毛手毛脚了吧？”

“造孽哟，人家大爷攒了一个月，就指望着鸡蛋卖点儿钱呢！”

“哎哟，老大爷都哭啦！真是可怜呀！”

卖鸡蛋的大爷脸上流下了两行浑浊的泪，路过的行人纷纷议论起来，辛安的脸上一阵火辣辣的发烫，她赶紧从地上把大爷搀扶起来：“大爷别急，我会赔您鸡蛋钱的！这一共多少……”

说到这里，辛安的话尾卡在了喉咙里，她出来跑步就带了刚够买早餐的零钱，现在兜里空空如也，哪儿来的现金赔给人家啊！

“那个……”辛安心虚地瞥向老大爷，“手机转账可以吗？”

“啥？啥鸡？”大爷一拍大腿又要哭，“我的鸡蛋啊！”

“别别别！您别着急！”辛安赶紧拦住他，“我家就在附近，您跟我回家，回家我拿钱给您！”

“哎！”大爷擦擦脸，浑浊的眼睛里闪过一丝精光，“那你带路吧。”

父母去世后，辛安便独自生活，从小爸爸就教育她要注意安全，成年以后，她更是不会随意把自己的地址和信息透露给别人。不过这次是她有错在先，而且对方还是一个连走路都颤巍巍的老大爷，她也就放下了戒心。

“大爷您小心。”辛安一边开门锁，一边耐心地提醒着身后的老大爷。

对门的大妈正好买菜回来，和她打招呼：“安安回来啦！”

“哎！”辛安响亮地答了一声，大妈好奇地打量着跟在她身后的人，老大爷慌忙抬起手捂住自己的额头。

“哎哟，我这……有点儿晕。”

“晕？”她赶紧扶住老大爷，“可能是爬楼梯爬的，您快进门歇歇吧。”

“哎，好。”老大爷以不符合他年龄的敏捷闪进了辛安家的门，一进来就嚷嚷，“姑娘，我口有点儿渴，你给我倒杯水吧？”

“啊？哦，好！”

辛安连忙去厨房倒水，端出来的时候发现老大爷正拿着一张照片在看，满是皱纹的面容上布满惊恐：“你……你怎么会有这张照片？”

“照片？”辛安放下水杯走过去，“喔，这个啊！这个是我当时在公安局失物招领处工作时，登记的一个钱包里的全家福，我想着把照片留下来查一查钱包主人的身份。”

她看着老大爷震惊的面容：“怎么了？大爷您认识这家人吗？听说户主已经失踪一年，您要是见过请一定提供线索啊。”

“啊！我……我没见他很久了，我们是同乡，”老大爷颤抖着手指，半是殷切半是恐惧地看着辛安，“这家人现在怎么样？”

“不好，家里的顶梁柱生死不明，几个孩子的妈妈生了重病，我们正准备做一些募捐活动，看能不能帮上忙。”

听到辛安的话，老大爷好像深受触动，眼里闪烁着泪花，她赶紧安慰：“大爷没事的，我这周末就去探望他们，你要是有空也可以一起去看看同乡。给，这是我赔您鸡蛋的钱，您看够不够。”

她拿出几张百元大钞塞进老大爷的口袋里，可他像是被火烫到了一般，跳了起来。

“不不，不用，姑娘你是好人，我不能害……拿你的钱。”

“拿着吧，攒这么多鸡蛋也不容易呢。”

老大爷惶恐地连连摆手：“不……我那鸡蛋都是买来的，不值钱，你……你就当我是想讹你好了。”

“啊？”

“姑娘你是个大好人，是我，我有愧哇！”老大爷擦了擦眼睛，“要是你有心的话，就麻烦把这些钱都带给我……那个同乡吧！他们太苦了！”

辛安不明所以地点点头，看着老大爷拉开门往外走。

“你怎么在这？”

门还没关上，楼梯间就传来一个熟悉的男声，低沉中压抑着惊恐和愤怒：“你把她怎么样了？”

下一秒，宿原溪那高大的身影就闯了进来：“辛安！ 你没事……吧……”

看到她站在屋内一脸莫名的样子后，他白皙面容上的焦躁才消除。

“你怎么会知道我家地址？”

“你知不知道一个单身女生，不应该放陌生人进自己家？”

两个人同时开口，呆了半秒钟，又各自不服气地吼了起来。

“我让谁来关你什么事？”

“你现在又不是明星，想找到你家的地址只需要打听一下不就行了吗？”

辛安一愣，望进宿原溪的眼睛里：“你打听我干什么？”

宿原溪白玉般的面容上浮起一抹可疑的红晕，他转到她身后的沙发上坐下：“总之，这个人以后你要警惕，绝对不能再放他进来。”

“为什么？”辛安朝宿原溪翻了个大大的白眼，“这是我家，我想让谁来就让谁来。再说你不是把我从观花阁里赶出来了吗？别跟我一副很熟的样子。”

“哎，你还学会了抬杠是吧？”

“废话少说，”她的态度一点儿也不客气，“你跑来我家有什么阴谋？”

宿原溪没有回答，倒是转动着黝黑的眼珠打量起周围的环境来，他英俊的面容上露出一丝戏谑：“你家也太简单了吧？完全看不出是个女孩子住的地方啊！”

“要你管！”

辛安家的客厅非常空旷，除了一个大大的灰色沙发和一个茶几，连张椅子都没有，倒是铺着一张大大的毛绒地毯。他转过脸刚想再调侃几句，却看到正对着沙发的一整面墙上贴满了大大小小的剪报，上面全都是标题惊悚的未解决案件，墙边还挂着一块白板，上面密密麻麻地标注了蓝瑛的家人和朋友关系图，足以看出调查的人有多认真。

“这……都是你写的？”他迟疑地转过头。

辛安走到墙边顺手一拉，一张白色幕布遮住了一切，仿佛这只是一堵再普通不过的墙。

“和你无关，我很忙现在要马上出门，”辛安一脸冷漠地瞪着宿原溪，“最后再问你一次，为什么来找我？不然我马上报警。”

“哎哎哎，别呀！”

宿原溪举起双手从沙发上跳起来，他又变回了当初那个在天桥下行骗的蹩脚魔术师，薄唇永远带着嘲讽的笑意。

“我只是忽然想起，你应该还有一张卡没有还给我，”他语气轻快地说，“那张进入观花阁的 VIP 卡，还给我吧。”

“你在说什么？什么卡？”辛安马上摆出一脸茫然的模样。

宿原溪挑挑眉毛，手痒得恨不得掐掐她的腮帮子：“别装了，观花阁的每一张 VIP 卡我都有记录备份，夏浣尘这张卡总共有七次额度，她自己使用了三次，蓝瑛用了两次，你用了一次，现在还有一次剩余额度，快交出来。”

“我不知道你在说什么，我要出门了。”辛安拿起手机转身就走。

宿原溪马上跟了上去，一米八几的个子贴在辛安身后，像条奇怪的尾巴。

“喂，”他又好气又好笑，“别以为不回答我，就能蒙混过去，快把卡还回来。”

“我没见过你说的那个东西。”

“你这是在装傻吗？明明你都用过了，也知道它的威力！”

“我说没见过就没见过！”

两个人一路斗着嘴走到地铁口，行人们步履匆匆地和他们擦身而过。辛安往地铁通道深处走去，宿原溪不肯放弃，也跟着下楼。

“喂！你是属苍蝇的吗？一直跟着我‘嗡嗡嗡’个不停，真是烦死了。”

地铁站安检处排了长队，辛安排着队嫌弃地转过身来：“观花阁到底有什么秘密，你又是个什么来历，全都不肯跟我说，我凭什么把卡还给你？”

宿原溪双手插在口袋里，跟在她后面慢悠悠地走着：“因为这不是你能管的。”

“信了你的邪！”她低声骂了一句。

这时，她身后一个男人抱着个小孩子急匆匆地挤过来：“麻烦让一让，让一让！我们家孩子生病了，我急着赶地铁送他去医院！”

他一边嚷嚷，手里的小女孩一边哇哇大哭：“爸爸！我要爸爸！”

辛安点点头正准备让，视线不经意间扫到小女孩的脸庞，神色一动。

这是一个长得如洋娃娃一般精致的小姑娘，白白嫩嫩，穿着漂亮的蕾丝芭蕾裙，而抱着她的男人却一身邋遢的工装，头也好像几天没洗似的。小姑娘哭得满脸通红：“我要爸爸！爸爸！”

“好好好，我就带你去找爸爸！别哭哈！”

男人神色紧张地哄着小女孩，抬头朝辛安尴尬一笑：“我是孩子的舅舅，孩子发高烧，妈妈已经在医院等着了，爸爸太忙所以拜托我送过去。”

辛安身后已经有人骚动起来，都在议论这个带孩子的舅舅“可怜”，她和宿原溪对视一眼，他冲她点了点头，示意辛安看小姑娘的脚。

小女孩的胖脚丫拼命蹬着，不停地在男人怀里扭来扭去，她脚上带着蝴蝶水钻的鞋少了一只，辛安貌似不经意地问：“孩子的鞋怎么都不见了啊？”

“太……太急了挤掉了吧……姑娘麻烦让一让，别耽误了孩子送医院啊！”

她和宿原溪都慢吞吞地让开，趁男人抱着孩子挤过去的空当，辛安伸手在小女孩的额头上摸了一把。

“他说谎！孩子没有发烧！”

话音刚落，男人慌张地抱着小女孩拔腿就要跑，宿原溪一个扫堂腿，男人顿时往地上栽了个狗吃屎，辛安眼明手快地从他怀里捞过孩子。两个人这一套动作行云流水，配合得天衣无缝，把旁边的群众都看呆了。

男人被摔得七荤八素，宿原溪趁机反剪住他的手：“安保！安保大哥快打电话报警！我们抓住了一个诱拐小孩的嫌疑犯！”

“小姑娘，这个人你认识吗？”

小女孩哭得抽抽噎噎：“不……不认识……”

大家一阵哗然。

“啊！真的是骗子！”

“天哪，这个小姑娘真是太可怜了！”

“真是光天化日之下干坏事啊！”

嘈杂的议论声如潮水一般涌进两个人的耳朵里，辛安看了宿原溪一眼，他的眸光暖暖的，凤目弯成好看的形状。她抱着小姑娘的手紧了紧，心跳忽地漏了一拍。

警察很快赶了过来，带走了垂头丧气的男人，辛安把平静下来的小姑娘交给他们后，围观的群众也都渐渐散去。

“怎么？还要和我吵架？”宿原溪微笑地看着她，薄唇边的笑意越来越深。

辛安白了他一眼：“无聊！”

经过这件事，两人之间的气氛轻松了很多，也不再像先前那样剑拔弩张，宿原溪摸了摸肚子：“你饿不饿？现在都已经过了午饭的点了，可我连早餐都没吃呢。”

辛安刚想摇头，无奈肚子“咕噜噜”地叫了起来，对面的人笑得更加灿烂了：“走吧！我请你吃饭！”

宿原溪带着她一起走出了地铁站，在路线曲折复杂的小巷子里转了半个小时，钻进了一家装潢无比普通的饭馆，桌椅陈旧而简朴，墙上贴着手写的菜单，大概因为年代久远，原本的白墙已经成了灰色。

这里的东西很好吃吗？

辛安不由得暗暗怀疑，胖胖的老板将菜单递过来时，她频频向宿原溪使眼色，宿原溪像完全没看到她的暗示，一口气点了一大桌子菜。

“你疯了！”老板走后，辛安推了他一把，“这么多菜吃得完吗？”

“那待会儿上来你别吃啊。”

宿原溪随口说着，眼角眉梢都挂着戏谑的笑，辛安一看到他这副表情就气得牙痒痒，也跟着转过头，专心等饭吃了。

美味佳肴很快就上来了，色泽艳丽的铁板烤鹅肉、香喷喷的香芋排骨、清新爽口的翡翠白菜……辛安的馋虫都被勾了上来，感觉自己喉咙里伸出了一只小手，抄起碗就大快朵颐。

“哎哎哎！不是说不吃吗？”

“废话真多！”

“喂！烤鹅给我留一点儿！手下留情啊，女侠！”

不到二十分钟，两个人就把桌上的食物一扫而光。宿原溪摸着肚子，满足地说：“好饱……你不是怀疑这里的菜不好吃吗？现在感觉怎么样？”

辛安张嘴刚要说什么，突然一个饱嗝从喉咙里冒出来。

“哈哈哈！”宿原溪大笑起来。

辛安的脸一下子涨红了，阳光穿透玻璃窗照射进来，在她的肩头投下莹莹斑驳的光点。她眉眼生动，目光娇嗔如一幅最美的画。

“不许笑！”她恼羞成怒地推了他一把。

“哈哈哈，不笑不笑……”

辛安猛灌了几口冰水，转移话题：“那个，刚刚你是怎么看出来，那个男人不是小姑娘的舅舅的？”

“这个啊，一般家中有孩子生病，肯定第一时间叫出租车，怎么会想到挤地铁？”宿原溪的长眉舒展开来，“而且小女孩的鞋子都被挤掉了，他却一点儿都没注意到……或者说，就算发现了他也不在意，所以我觉得这个人有问题。”

“没错，小女孩哭得那么厉害，他哄孩子的话却很敷衍，眼神和表情都没有家长应该有的心疼，反而很害怕被人注意似的。”

宿原溪看着辛安的眼神中泛起一股暖意：“这次多亏发现得及时，不然这个小女孩就遭殃了。”

“可恶的诱拐犯！要真被他得逞，小姑娘的家人该多伤心。”

辛安愤怒得“砰”的一拳捶在桌子上，碗碟都跳了几跳，引得老板往这边看了一眼，宿原溪赶紧按住她的手：“行行行，知道你很生气，砸坏了人家桌子我可不赔。”

辛安不好意思地吐吐舌头：“知道啦！没想到你观察得也很仔细

嘛！”

宿原溪一愣，缓缓地说：“不，我其实本来也什么都不知道，这些都是一个……朋友教给我的。”

他俊美的容颜上浮现出一丝怀念，优美的唇还维持着上扬的弧度，却令人感到落寞。看着他那双黝黑的眸子被忧郁浸染，辛安不禁怔住了，她的胸口好像被什么堵上了一般，又沉又闷，有点儿喘不上气来。

她忍不住开口：“教你这些的，是你去世的女朋友……严佩云吗？”

宿原溪露出愕然的神色，过了好一会儿才苦笑着摇摇头：“你想多了，我和她并不是那种关系。”

“那……”辛安试探地问，“是昨天晚上给你打电话的那个人吗？”

虽然没有证据，但她的第六感告诉自己，宿原溪的反常和那个代号为“∞”的人脱不开干系。

“好了，今天就到这儿吧。”

宿原溪打断了她的话，仓促地站起身来喊老板结账，他对辛安的问题避而不谈，只是在最后提醒她：“记住不要再去观花阁了，我是真心为你好。”

鬼使神差一般，辛安在背后叫住他：“宿原溪！我们还是朋友吗？”

宿原溪的脚步一顿，没有回头也没有说话，径直离开了这家小店。

第九章

又一个平行世界

1

“你根本不知道事情有多严重。

“如果知道自己这是在找死，你就不会这么问了。

“记住不要再去观花阁了，我是真心为你好。”

夜风穿过敞开的窗户，像一只温柔的手轻轻拂起少女额前的碎发，辛安躺在床上，无奈地给齐佳嘉第八十八次微信留言道歉之后，又想起了宿原溪“追讨”的 VIP 卡，心血来潮地把它从口袋里翻了出来。

她举起卡片翻到反面，左上角的小小银色弓箭标志不知代表什么意思，而右上角的电池图案……

“啊！”

辛安猛地坐起了身——七格电池图标竟然只有一格是满的了！

她的脑海中不禁又响起宿原溪的话——

“观花阁的每一张 VIP 卡我都有记录备份，夏浣尘这张卡总共有七次额度，她自己使用了三次，蓝瑛用了两次，你用了一次，现在还有一次额度……”

“一次额度……”辛安目瞪口呆地看着手中的黑卡，“我明白了！原来这个电池图标，代表着能进入平行世界的次数！”

之前困扰着辛安的无数个疑问又翻涌上来，一瞬间，她睡意全无，从床上爬起来开始换衣服。

“不行，我要去找他问个清楚。”

仲夏的夜幕低垂，如钻石般璀璨的星星眨着眼，辛安趿拉着人字拖，揣着从便利店买的两瓶可乐去找宿原溪。

套套近乎，拉拉关系，说不定就能打开宿原溪的心防，主动让他说出观花阁的秘密了呢，她乐观地想。

可来到了观花阁这条街上，她才发现有点儿不对劲——整条街异常安静，不仅半个人影都没有，连风声似乎都被吞噬了，只有路灯映在柏油马路上反射出蓝莹莹的天光。

“咚！吱呀——”

辛安走到观花阁大门前，刚敲了第一下，黑色大门就应声而开。

“唉？”她惊讶地张大嘴巴，“这……没关门吗？”

她规规矩矩地站在门口，等了好一会儿宿原溪也没有出现，洞开的大门里黑漆漆的，一点儿光都没有透出来。

“有人吗？”她又等了一阵，喊了一声，随后小心翼翼地迈开步子走了进去。

“宿原溪？”

门厅里漆黑一片，一盏廊灯都没有开，不经意间，辛安都被放置的桌椅绊倒，幸亏地上铺着厚厚的地毯才没受伤，她拿出手机打开手电筒，第一次认真打量起来。

观花阁门厅的装潢非常特别，中式的梨花木桌椅上雕刻着一群飞天女神的精美图案；正中间上方有一块牌匾，上面刻着三个烫金大字“观花阁”；巨大的珐琅屏风上，是一幅用孔雀蓝的颜料所绘的气势恢宏的江山图，有一种精致和奇异的美。

辛安刚要挪动脚步往屏风后走，忽然听到隐约的人声从后面传来。

“川哥，这次的海报我看了，主角确定是个总裁吧？我可是把所有的家当都卖了，就希望去另一个世界做个有钱人。”

“怎么还没到时间，我都要等不及了！我想变成漂亮的万人迷，被所有人追捧！”

“我要成为电竞游戏大神，再也不想被人骂菜鸟了！”

听见声音越来越嘈杂，离自己越来越近，辛安第一反应就是关掉手机手电筒，一弯腰钻到了梨花木桌子下面，她屏住呼吸，尽量把自己缩成一团。门厅里依旧没有开灯，一群人陆陆续续地从屏风后面走了出来。

辛安的视线往桌底望去，不由得大吃一惊——这些人居然全都穿着荧光斗篷，用黑色口罩遮住脸。

“好了，不要再吵了。”

一道轻柔的男声响起，辛安从未听过这样的声线，好像一半是机械音，另一半是人声，冰冷细腻得仿佛一条蛇滑过自己的手背，让人鸡皮疙瘩起了一身。

辛安飞快地看了一眼声音发出的方向，只看到一个裹在风衣里的高挑背影，比宿原溪还瘦削，只不过一眼，她浑身血液里的每一个因子都躁动了起来，仿佛在尖叫着：危险！

“十二点到了，你们可以进场了。”

男人用蛇一样的语调说，他的声音并不大，却像圣旨一样，一大群穿着奇异斗篷的男男女女井然有序地排成队，朝楼上的影厅走去。短短几分钟，门厅里的人就消失得一干二净。

门厅里亮起了一盏灯，在昏暗的光线下，男人抬起头，看着空荡荡的楼梯和走廊。辛安发现他的脸上戴着银色面具，她屏住呼吸尽量降低自己的存在感，过了十多分钟，他自言自语了一句“真无聊”，就打算转身离开。

辛安心中一喜。

“川哥。”一个熟悉的男声打断了男人的步伐。

宿原溪悄无声息地出现在男人背后，也穿着一件黑色衬衫，双手毕恭毕敬地垂在身侧。

“嗯。”男人转过身，冷漠而疏离，“有什么事吗？”

辛安半是好奇半是警惕地看着这两个人……宿原溪不是观花阁的老板吗？为什么面对这个男人却是一副下属的姿态？

这个叫“川哥”的男人到底是什么来头？他和观花阁又有什么关系？

一时间，辛安觉得自己越来越看不透宿原溪，他的身后就像笼罩着一层浓浓的黑雾，拨不开也吹不散，根本透不进一丝光。

宿原溪的俊颜上透出一股疲惫：“我……我有件事想求你。”

“求我？”男人的语调微微上扬，似乎来了兴趣，“说起来，你除了那件事以外还从没有什么事求过我呢，说说看。”

“就是……”宿原溪一咬牙，“我想请求你放过辛安！”

宿原溪在说什么？

辛安惊得脑子里一片空白。

“哦？你说的是上次进入‘消逝的蓝宝石’包厢的小丫头？”男人的声音更轻柔了，“她有什么特殊价值吗？”

“并没有……”宿原溪难堪地垂下了头，“不过她的VIP卡原本是属于另一个人的，她也不知道我们观花阁的秘密，所以我想如果能收回她的卡，可不可以放她一马……”

“原溪。”男人打断了他的话，缓缓地说，“你知道我们观花阁的规矩，只要手上有邀请卡，就是‘魅影’的目标，如果想庇护她，就不要让我知道她的存在啊。”

“可她是个好人，和那些人不一……”

宿原溪还想求情，男人却抬起手制止了他：“不管她是什么人，只要拿到VIP卡就是我们的猎物。”

他转过脸，语调变冷：“你不会是忘了规则吧？以你的身份，绝对不可以和观花阁的客人有任何牵连，你和辛安这个小丫头之间是什么关系？”

哪怕是在这么昏暗的灯光下，辛安也能看到宿原溪的脸色立马变得苍白，乌黑的眉毛紧紧蹙起。

“我和她之间什么关系也没有。”

一时间，辛安不知道自己心里是什么滋味，又酸又涩，透出一股淡淡的惆怅。

“是吗？我还以为你忘了，如果忘了的话，我就好好帮你回忆一下。”

男人淡淡地说完，在宿原溪肩膀上拍了一下。宿原溪忽然像是触电了一样，浑身颤抖起来，英俊的脸庞扭曲着，发出痛苦的喘息。

辛安瞪大眼睛，死死地看着男人按住宿原溪的手，昏暗中，有细微的蓝色火光闪动，那是……电击器！

激动之下，她惊得直起身，头“砰”地撞到了桌子。

“啊！”

男人意外地停下手，厉声呵斥：“谁？”

宿原溪朝辛安这边看了一眼，脸上瞬间浮起惊恐的神色，他猛地闭上薄唇，咽下了差点儿脱口而出的她的名字。

糟糕！

辛安在心里暗骂自己一声，她居然忘了自己还躲在桌子下面！

她一个箭步钻出桌底，紧紧贴在屏风旁边，做出一个防御的姿势。男人打量了她几眼，冷冷地对宿原溪说：“想不到‘魅影’没有干掉的人，居然会自己跑过来。”

闻言，宿原溪的脸色更差了，辛安警觉地问：“你知道我是谁？”

男人哂笑一声，大步流星过来就要捉辛安的衣领，辛安一个闪身避开男人的手，电光火石间，两个人“啪啪啪”过了几招。辛安的动作如闪电般快准狠，男人“咦”了一声，似乎有些意外。

“你还有两把刷子嘛。”

他面具下的唇微微弯起，加快了擒拿的动作，辛安气喘吁吁地一一格挡开。

不行！自己的体力没有他那么强，继续纠缠下去迟早要被抓住！

她虚晃一招，直接从男人的身侧闪过去，拔腿就往楼梯上跑，观花阁二楼以上就是私人影厅，曲曲折折的走廊里到处都是镜子，映出影厅旁各式各样的海报，她的身影也成功地被分割成无数个小小的影像，成功地干扰了男人的视线。

“呼……呼……”

错综复杂的地形帮助了辛安，但柔软的地毯也让她听不到男人的脚步声，辛安强忍着心头的恐惧蹲低身子，趴在一间紧闭着门的包厢门前。

“奇怪……”

忽然，辛安注意到一件怪异的事，对面好几个包厢门口都是亮着灯的，唯独她眼前这间没有亮起来。

她忍不住仰起头去看这间包厢门上贴着的海报，上面写着：启明星陨落。

她正仔细辨认着海报最下方的标题，身后“咻”地袭来一阵风声，她浑身的汗毛都竖了起来！

“小心！”

“啪！”

一双强有力的手臂推开她，辛安倒向一侧，发现宿原溪不知什么时候挡在了她的身前，只听见一阵“滋滋”的电流声，他俊美的面容绷得紧紧的，痛苦地喘着粗气。

“宿原溪！”辛安震惊地大叫。

戴着银色面具的男人居高临下地站在两个人的面前，手持一条诡异的鞭子，银黑色的鞭身上隐隐约约流动着蓝色电弧。

他冷冷地看着宿原溪，声音中听不出喜怒：“原溪，你知道自己在做什么吗？”

宿原溪勉强直起身子：“川……川哥……她真是无辜被牵连的……”

“这个世界上，根本就没有什么无辜者！”男人忽然愤怒了起来，“我唯一没想到的是，你居然会为了她反抗我。”

“我没有……”

“既然没有，那我最后给你一次机会，”男人的声音轻柔而残酷，将手里的鞭子往地上一扔，“你亲手解决掉她，不要惹出其他麻烦。”

宿原溪的脸瞬间褪去所有血色。

“怎么？不愿意？”

辛安的后背紧贴着冰冷的包厢门，内心如被火烤，她看着这个为自己挡过一鞭的男人，心头涌上一股酸意。

事到如今，就算他浑身是谜又怎么样呢？

“我知道了……”

沉默了几秒，宿原溪捡起面前的电弧鞭，缓缓从地上爬起来。辛安仰起头呆呆地望着他。

宿原溪漂亮的凤目低垂：“小安，算是我对不起你，你还有什么要交代的，我会尽力替你去做。”说着，他朝辛安眨了眨眼睛，瞥了一眼她身后的包厢门，背对着银色面具男飞快地朝她做了个口型。

“别废话了！原溪，你什么时候变得这么婆婆妈妈？”男人不耐烦地催促着。

就在这一瞬间，原本倒在地上的辛安猛地跳起身，踹了宿原溪一脚，拉开身后包厢的门跳了下去！

2

光……

白茫茫的光，如同冰冷的雨水和柔软的云朵包裹着她，那感觉并不讨厌，只是带着绵绵密密的粘腻，沾染在皮肤上让人无法忽视。

辛安闭着眼睛，只觉得自己在坠落，坠落……

“砰！”

她睁开眼睛，映入眼帘的是一棵巨大松树的树冠，片片雪花透过松树如针的叶子缝隙散落下来，就像唯美小巧的白色蝴蝶，翩翩降落在她的粉色衣带和缎面蝶袖上。

“好冷……”

辛安躺在地上无意识地喃喃低语，忽然，冻僵的脑子清醒过来……

衣带？袖子？

她赶紧查看自己的装束，发现自己居然穿着一件漂亮的古装——轻灵飘逸的白裙，腰身上系着粉紫色蝴蝶绣花腰带，脖子上戴着一圈白色毛绒围脖，怎么看都不像是现代人的打扮。

“古装？莫非我进入了古……”

她正稀里糊涂间，一个男声响起：“Cut（停）！”

“好，这一条过了！休息半小时，群演可以回去卸妆了。”

辛安从地上爬起来，这才发现自己所躺的地方是一个巨大的布景台，周围七零八落地躺着好几个女生，全都和她打扮得一模一样，就像古装剧里的侍女。

“原来不是古代啊。”

她捏了把冷汗，亏自己还在担忧怎么和古人沟通交流呢……不过真神奇，只不过是拉开了包厢的门，整个世界就由盛夏变成了飘雪的冬天，还穿一身古装当群演。

离她几步远的地方站着一个精瘦高挑的紫衣男子，他也是一身古装，头上戴着一顶玉冠，风度翩翩。好几个女群演看着他的背影不停地眼冒红心。紫衣男子转过身来，一张脸白皙细腻，唇红齿白，一副俊秀小生的模样。他注意到女生们都在看他，于是朝她们做了一个飞吻的动作，惹得女生们发出一阵尖叫。

“呃……”辛安觉得胃里泛起一阵恶心。

几个人飞快地从她身边跑过，有的搬着椅子，有的举着水杯，还有的谄媚地给紫衣男子捏腿揉肩：“彦哥辛苦了，快坐下喝口水吧。”

紫衣男子懒洋洋地坐下，接过水喝了一口：“这不太好吧，片场也没有这个规矩。”

“怎么会呢，彦哥这么红，导演能请到你来拍戏高兴都来不及呢。”

“就是，现在不管什么剧组能请到彦哥就该偷着笑吧，一点点特权算什么！”

这些人像说相声一样对着紫衣男子又吹又捧，辛安目不转睛地看着他们，觉得他们才是真正的“群演”。

没过多久，群演们都离场了，一个矮个子男工作人员注意到辛安的存在，过来推了她一把：“哎，你愣着干吗呢？这么没眼力见！天这么冷，快去给彦哥拿件厚衣服来。”

“哦。”

辛安赶紧应下，刚转身要走，又顿住了脚步……等等，她刚来到这个世界，都不知道现在是什么情况，该上哪儿给紫衣男子找厚衣服去？

“那个，奚安啊，顺便帮我把化妆室里的手机拿来。”

正当辛安为难时，紫衣男忽然开口叫住了她。她吓了一跳，忙不迭地点头然后找化妆室去了。

奇怪，他是怎么知道她的名字的？

辛安先打量了一下周围环境，她现在所在的地方明显是人烟稀少的郊外，周边都没有什么高大的建筑，附近只有几座简易搭建的房间。其中一间房的门上贴着一张A4纸，纸上写着“柏崇彦专属”，想必就是“彦哥”的化妆室了。

一进门，辛安就被亮着三十八个灯泡的大化妆镜给闪晕了，华贵的白色金边椅子，奢华的钻石皮草……到处透着一股“我很有钱”的土豪气息。

“这品位……”她拿起柏崇彦的皮草，又找起他的手机来。

她在椅子上看到一个双肩背包，打开后发现里面装着一台笔记本电脑和一部手机还有一个钱包。

钱包里面装着一个女生的身份证，她拿着和镜子中自己的脸对照了一下，确认这个身份证的主人正是她现在所属身份的。女生名叫奚安，二十岁出头。原来女生跟她名字很相近啊，刚才柏崇彦叫她时，她还吃惊了一番。

不过，一个群演的背包怎么会在柏崇彦的化妆室呢?

她又打开笔记本电脑，想要寻找更多的线索。笔记本电脑里有很多工作资料和表格，辛安了解到，奚安大学刚毕业不久，现在是柏崇彦的助理。她现在所处的城市是仙后市，在此之前自己从来没听说过。柏崇彦今年二十六岁，号称有日本血统，两年前归国时被人在机场拍到，在网上爆红了一把，后被星探发掘成为超级当红的小生。

“这家伙花边新闻这么多啊……”

柏崇彦虽然出道才短短两年，但绯闻女友十根手指都数不过来。

原本奚安只是在剧组打杂，这个职位根本轮不到她。柏崇彦之前的美女助理被记者拍到深夜从他的公寓出来，迫于舆论压力辞职了。而马上就要到山里拍古装剧的柏崇彦又急需一个生活助理，于是奚安自告奋勇通过了经纪人的考核，成为他的助理。

现在奚安的工作是在柏崇彦拍这部名为《冥月皇妃》的古装剧期间，照顾他的生活起居，顺便在剧组打打杂，如果需要群众演员时，她就上去顶一顶。

想不到这个奚安妹子挺上进的嘛。辛安满意地点点头，拿起衣服和手机回到了片场，柏崇彦正坐在躺椅上和旁边的人说说笑笑。

“你这丫头怎么现在才来？”

先前那个矮个子男人从辛安手里抢走手机和外套，殷勤地给柏崇彦递去。柏崇彦拿过手机查看起了未读消息，原本悠闲的脸色顿时阴沉下来，十分难看。

他理也不理矮个子男人手中的外套，站起身就要走，身后的助理连忙叫出声。

“彦哥您去哪？下一场很快就要开拍了！”

没想到他头也不回地说：“我今天有事不拍了！”

一瞬间，片场里所有人都抬起头看他，导演着急得跑过去拦人：“你怎么能这样？今天说好的拍完第四场和第五场啊，这才连三分之一还不到呢！”

柏崇彦暴躁起来，飞起一脚就把面前的椅子踹翻了：“我说不拍就不拍！少来烦我！”

在场所有人都震惊地张大了嘴巴，导演无可奈何，只能看着柏崇彦一身戾气地离开。

主角中途跑路，戏自然也拍不成了。

按照手机购物 APP（软件应用程序）里留存的“家”那一项的快递收件地址，辛安背着双肩包踏往了回家的路上，她脑海中不停地回放着柏崇彦踹翻椅子的那一幕……这家伙性格这么恶劣，到底哪来那么多粉丝？

这个世界的奚安大学毕业后，离开父母独自生活，她在地铁站附近租了个单间公寓，交通倒是很方便。

“啪。”

辛安进屋打开灯，刚抬起头，就被眼前的一幕吓得连双肩包都掉到了地上。

空旷的房间里没有几件家具，一张矮矮的榻榻米床铺在正中间，旁边有个小小的工作书桌和配套的电脑椅，而四面墙上都贴满了海报，海报的主角只有一个——柏崇彦！

辛安“哈哈”干笑两声，奚安就是柏崇彦的超级粉丝，真是想不到啊。

她把双肩包放好，开始仔细打量起屋内的环境，一眼望过去，就被榻榻米上的柏崇彦等人身高抱枕雷得不轻，辛安把它翻了个面，看不到他那双含情脉脉的眼睛，浑身才好受了一点儿。

书桌上竖放着一面小镜子，映出奚安的脸。

这是一张精致的面容，眉色很淡，出门时被主人精心描摹成弯弯的形状，嘴唇上涂着绯色的唇膏，除了脸色有点儿苍白，怎么看都是位清秀小佳人。

不过，这位清秀佳人私底下却是个身体和心理都有点儿问题的偏执少女，追星追到混淆了现实与梦想。她常常看柏崇彦的视频看到忘了吃饭，因此有很严重的胃病。

不过才半天，辛安的胃就疼了好几次，不得不吃几颗胃药才好一点。

她在床边发起呆来，现在是傍晚时分，街边路灯已经亮了起来，细细的雪花在空中飘散着，像是世界上最洁白无瑕的尘埃。

独自一人时，她不由得又想起自己跳下来的前一刻，宿原溪用口型无声地对她说——

“跳下去！我一定会来找你的！”

这句话，如烙印般重重印在她心里，辛安的心底不由得浮起淡淡的惆怅和担忧……那个神秘男人看起来真的很可怕，自己逃进了这个世界，留在那边的宿原溪不会受到什么惩罚吧？

脑海中掠过宿原溪把她推开，自己挨了一鞭子的场景，辛安的胸口涌起一股前所未有的暖意，心房涨得满满的：“这个笨蛋。”

既然宿原溪这么说了，那么她就得全心全意地信任他……他一定会来救自己的！

辛安擦擦眼角不知道什么时候泛起的泪花，目光变得坚定起来。

不过，宿原溪叫那个银色面具男人为“川哥”，并且不管是观花阁的客人还是他，都以“川哥”为尊……这么一来，她是不是弄错了一件事？

宿原溪很可能并不是观花阁的老板，真正的幕后人是那个“川哥”！

“可他究竟是什么身份呢？”辛安摸了摸下巴。

要不是她昨天心血来潮跑到观花阁，恐怕还不会发现这件事，观花阁的夜晚聚会已经那么隐秘了，那个男人还要戴着面具，肯定是害怕被别人看到他的脸。

“难道他是逃犯？罪大恶极，被全国通缉的那种？”

她自言自语地猜测了一会儿，然而因为线索太少猜不出什么，倒是想起了宿原溪曾提醒过她的另一件事。

“对了，宿原溪说过，普通人在另一个世界绝对不能待超过三个月，”辛安忧心忡忡地念叨，“可要是他不能在三个月内来接我，我该怎么回去？超过三个月会发生什么事？”

猜来猜去也没结果，辛安索性放弃思考这些问题，她拉开桌子最右面的抽屉，一沓照片映入眼帘。

“这是……”

她倒抽了一口冷气，又急忙拉开另外几个抽屉。

这些抽屉里面整整齐齐捆着的，全都是奚安偷拍的柏崇彦的日常生活照！

柏崇彦正在喝水的、吃饭的、瞒着导演抽烟的、和人在片场交谈的……辛安把这些照片一一翻出来细看，发现每一张照片的右下角都编上了号码，有的背后还写下了奚安当时的心情。

今天好不容易跟上了崇彦的保姆车，看到他下车抽烟……真的好帅，我们崇彦怎么可以这么可爱！

好高兴！崇彦今天和我说了整整八句话呢！他还夸我漂亮，太开心了！

世界上还有喝水都那么好看的人吗？崇彦，真像是希腊神话中看到自己影子就爱上自己的水仙美少年啊！

一张张看下来，辛安吓得毛骨悚然，想不到奚安居然是一个跟踪狂！她不但每天偷拍柏崇彦几十张照片，还把他和其他女明星搭戏的照片单独了出来，放在抽屉最深层的文件夹里，上面用红色马克笔写了几个硕大无比的字。

夺走崇彦的狐狸精们！

辛安心情沉重地打开资料夹，发现里面都是柏崇彦和他那些“绯闻女友”在一起时的照片，有他和女模特在海边一起嬉戏的，有他在国外和女星一起骑脚踏车的，还有他和前任助理一起走进公寓的。照片里的女主角们各不相同，但每一个都是面容艳丽，超模身材，光鲜亮丽的大美人。

奚安在照片底部写上了每一个女人的名字，还把她们的资料都整理了出来。

跟踪加偷拍严重侵犯他人隐私权，如果被告发了，自己恐怕马上就会被抓起来拘留！宿原溪到时候想救她出来都很棘手……

除了这些照片，抽屉里还有一个黑色笔记本，是奚安的日记本，里面记录着她从机场见过柏崇彦一面之后，就疯狂地迷上了他，并且想尽办法进入剧组打杂实习，找机会成为他的助理。

除了这些和一些花痴心情，剩下的就是奚安对柏崇彦那些绯闻女友的愤怒指控。

我们家崇彦这么好的人，都是因为你才惹上麻烦！

好好当模特不行吗？就知道出来害人！

大小姐了不起吗？除了钱你还有什么！

辛安心情复杂地翻到最后一页，里面夹了一张照片——柏崇彦从一幢气派的摩天大楼里走出，怀中抱着一个漂亮的女生，两个人亲密地交谈着，笑得十分开心。

她抽了抽嘴角，柏崇彦的绯闻女友长得都差不多，大大的眼睛，尖尖的下巴，也亏奚安能分清她们谁是谁。

她漫不经心地把照片翻过来，念出上面标注的身份。

“卡勒科技集团大小姐……”读到这里，她惊讶地瞪大了眼睛，“严佩云？”

这个和柏崇彦搂在一起的女生，也叫严佩云！

第十章

平行世界后遗症

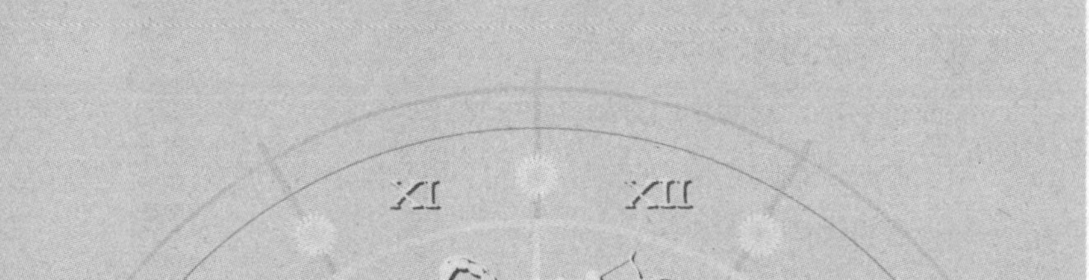

1

辛安原本所属世界的严佩云长着一张十分平凡的大众脸，绝对不是照片中的样子。

脑海中仿佛有根弦被拨动了一下，她涌出一个念头。

“难道说，这个严佩云就是从我的世界过来的？她来到这里后变成了漂亮的大小姐？”

辛安仔细翻阅了这个叫“严佩云”女生的所有照片和资料，她的身份十分特殊，是一家知名上市公司老板的独生女，样貌比很多女明星都漂亮。她身材高挑而凹凸有致，皮肤白皙，眼睛妩媚动人，笑起来艳光四射。

从资料中，辛安了解到这位大小姐的本名并不叫严佩云。

她原名叫严苏瑾，年纪轻轻就是马丁休顿金融学院工商管理和金融专业的双料硕士，还上过好几次金融新闻，媒体都称她是卡勒科技王国未来的“女皇”。

不过从国外念书回来后，她不知道发了什么疯一定要把自己的名字改成严佩云，而且之后做的每一件事都很奇葩，什么坐直升机包场去看电影啦、用喜马拉雅雪山的水泡澡啦……花样百出，各种铺张浪费，也不去公司上班，整天和柏崇彦厮混在一起，还被记者拍到过父亲怒斥她“败家”，父女俩对吵的场景。

“改过名字，从两年前开始性情大变……”

辛安的心中翻起了惊涛骇浪，她几乎可以确定这个严佩云就是从自己所属世界过来的那个严佩云了！

“等等，我得理一理。”

她拿出一张白纸，一边写写画画一边喃喃自语：“两年前，严佩云通过观花阁来到这个世界，变成了多金漂亮的大小姐严苏瑾，大概是不想忘记原来的自己，所以她将名字改成了严佩云。”

接着严佩云就遇见了柏崇彦，这个花心大萝卜对女朋友的要求很高，严佩云是他唯一公开过的恋人，他们两年前在回国的飞机上相识，一见钟情后开始了交往，而且十分高调地买钻石、跑车秀恩爱，一度被媒体称为“金童玉女”，不过这段恋情在一年后还是告吹，据说是因为严佩云不满柏崇彦绯闻缠身，还一声招呼都不打就去国外度假了半个月。

“一年前分手，是因为严佩云回到原本的世界后遭遇了‘六·一二’车祸……”

辛安写到这里停了下来，心中又冒出了新的问号……新闻中说，卡勒集团大小姐高调宣布和柏崇彦分手后，就去到国外继续读书了，至今都未再回国。

真的是严苏瑾本人回来了吗？

“还有不对劲的地方……”

她咬着笔头：“宿原溪不是说，绝对不能在平行世界里待超过三个月吗？为什么严佩云待了一年？”

辛安仔细琢磨起来，又打开电脑查了很多资料，发现严佩云在那一年里也并不是每天都待在仙后市，而是每过三个月都会莫名地消失一段时间，只是这个时间太短，有时候十天半个月，有时候才一个上午。

“我明白了！”

她兴奋地丢下笔：“严佩云手上有观花阁的VIP卡！她中途离开过这个世界，然后又悄无声息地回来……因为两边的世界时间流逝不对等，所以才让人容易忽视掉！”

天哪，这简直就是道推理测验题嘛！

自从得知观花阁是平行世界的通道后，辛安就猜想过严佩云是不是也和蓝瑛一样去过别的世界，只不过苦于没有机会调查，没想到这一次，她居然亲身来到了严佩云来过的世界！

“宿原溪……如果你来到这个世界，能一眼就认出我吗？”

辛安脑海中浮现出一张总是带着慵懒笑意的脸，她默默地攥住桌上写满线索的纸：“不管你认不认得出来，反正我知道这一次，查清楚严佩云车祸真相的机会来了！”

宿原溪没有撒谎，他和严佩云并不是男女朋友。

不过身为她的正牌男朋友，柏崇彦到底知不知道严苏瑾就是严佩云这件事呢？她有没有告诉过他观花阁和平行世界的秘密？

柏崇彦迟到了半个小时才到剧组，所有人都已经习惯他这种行为，可他今天脾气格外臭，为了一点儿小问题就大发雷霆，把全剧组除导演外的人都骂了一遍，就连和他演对手戏的男配角都不能幸免，嚣张极了。

辛安在一旁看得心都提到了嗓子眼：“这家伙这副德行，真不怕被人暗暗套麻袋打吗？”

不过好歹，这一次柏崇彦没有中途撂担子走人，大家战战兢兢地拍完戏，傍晚时分，辛安终于和柏崇彦一起坐上了回市里的保姆车。

“呼……一帮废物……”一坐上车，柏崇彦就把头靠在靠垫上，一脸阴沉。

辛安小心翼翼地递过一瓶水：“彦哥，上次你不是说不喜欢陌生人去家里吗？我想着你家应该已经有一两周没人收拾了，不如我今天过去帮忙打扫一下吧？”

原本奚安担任柏崇彦的助理时，就很喜欢去他家帮忙做饭打扫，所以柏崇彦也没怀疑什么，不置可否地点了点头。

车子缓缓驶入他家的地下车库，柏崇彦喜好奢侈炫富，所以住的也是市中心昂贵地段的高档小区，进出小区要过四道保安关卡，安保程度非常强。

辛安和柏崇彦并排乘电梯上到顶层，柏崇彦的家非常宽阔，客厅里的家具都十分富有设计感，墙上的多宝陈列柜里放着各式各样的艺术品，四面落地玻璃映出仙后市美丽的夜景，只不过茶几上乱七八糟的，扔着很多啤酒罐和吃剩的消夜，破坏了这幅美好的画面。

她飞快地打量了一下周围的环境，除了浴室和厨房，其他所有的房间都关着门，看不到里面的情景。

“快把这些都收拾一下，难闻死了。”柏崇彦一脸嫌弃地掩住口鼻，坐在沙发上打起手机游戏来。

“好的好的！”

辛安点点头，跪在地毯上开始收拾那些食物残渣，收拾完毕以后，她捧着装满了垃圾的袋子站起身来，路过他身边时一个趔趄。

“哎呀！”

她手里的那些汤汤水水全洒在了柏崇彦的衣服上，他惊得一下子跳起来。

“你搞什么鬼？”

“啊！对不起，对不起彦哥！”辛安一脸惶恐地低下头，拼命道歉，“您快去洗个澡吧！我会替您把干净衣服准备好的！”

“你没长眼睛的啊！这些垃圾恶心死了！”柏崇彦冲她发了会儿火，还是抵挡不住衣服上那股“醉人”的味儿，气呼呼地走进了浴室。

2

听见浴室里“哗哗”的水声响起，辛安赶紧用纸巾擦了擦手，站起身朝房间走去。

她原本想的是潜入柏崇彦的房间找找看有没有严佩云留下来的东西，然而刚偷溜进他的卧室，目光就被摊在床上的一堆文件吸引住了。

“借贷合同？”

辛安粗略地看了一下，发现这些文件都是柏崇彦向一家叫作“银港”的借贷公司借钱的合同，她赶紧拿起手机把合同的内容拍下来，随便把几份合同上的金额加了一下，居然超过了九百万，而且合同上标明的利息高得吓人，利滚利算下来……

“柏崇彦欠了人家上千万？”辛安震惊了。

他可是一位当红明星啊，拍戏的片酬、广告代言费……收入怎么也不会少吧？怎么会沦落到去借高利贷？

辛安满腹狐疑地回到客厅，正好柏崇彦的手机屏幕亮了起来，不知道是谁，给他陆陆续续发了好几条短信。

不是说好今天还钱的吗？怎么还不见到账？你小子是不是活腻了！今天洧总还问起了你，如果再拖，你知道后果的。

最后给你两个小时，还钱！

我们可不像你那个白富美前女友一样，傻傻地给你填赌债！

辛安越看越心惊，柏崇彦一直都是超级巨星的形象，在媒体和粉丝眼里除了绯闻多一点儿也没什么特别大的负面新闻，可谁会知道他私下竟然沉迷于赌博？

他借这么多钱是为了还清自己欠的赌债？

浴室里的水声停了，她打起精神，重新收拾起房间里的垃圾来。

晚上，坐在回家的地铁上，辛安看着手机里的照片深深叹了口气，

心中的疑惑不但没有解开，反而迷雾越来越浓。

她疲惫地“咚”地一下，把头靠在一旁的扶手上，空旷的车厢里白色的灯光摇摇晃晃，对面的窗口映出自己疲惫的模样……没来由的，这一刻辛安感觉到无限的孤独。

宿原溪，你究竟什么时候来找我呢?

翌日，柏崇彦虽然又迟到了四十分钟，但还是乖乖地来到了片场拍戏，辛安一直跟在他身后观察，发现他的脸色比昨天红润了不少，不像是被人报复过的样子。他不知道跟讨债的人说了些什么，接下来的好几天都没人来找麻烦。

《冥月皇妃》的进展出奇顺利，柏崇彦虽然没什么演技，但态度比起之前配合不少，让剧组所有人都松了一口气。辛安在背包里带上了奚安放在自家抽屉中关于严佩云的照片和资料，趁没人注意时拿出来看看，试图找出被自己忽略掉的线索。

时间过得很快，很快只剩最后一场外景戏，太阳渐渐落至地平线以下，西边的天空被霞光染成了浅浅的绯色，为了配合柏崇彦的戏份，剧组里其他人从凌晨四点忙到傍晚，不少演员的面容都带上了倦色。

“Cut（停）！”

随着最后一个打斗场面的定格，导演宣布：“《冥月皇妃》外景拍摄全部结束！待会儿晚上我请客去‘心宴’餐厅吃饭，大家都要来哦！”

“哇！终于拍完了！导演万岁！”

“我要回家好好洗个澡睡一觉，已经好几天没换衣服了，身上都有味儿了！”

“咦……那你待会儿吃饭的时候离我远点儿！”

工作人员都放松下来，打打闹闹地开始收拾东西，一开始柏崇彦嘴唇边也挂着笑，可拿回手机翻看了一下之后，脸色就变得僵硬起来。

辛安一直偷偷打量着他，隔着一段距离，她只能零星地看到柏崇彦的手机短信对话框里“拿东西来换”“报复”几个词。他匆匆忙忙关了机，左右张望着，嚷嚷起来：“奚安！奚安！”

“唉唉，我在，我在！”

柏崇彦不满地瞪她：“司机呢？快点儿让他把车开过来，我现在要马上回家！”

“现在？”辛安愣住了，“可导演不是说要请客吃——”

“你管他呢！到时候就说我身体不舒服。”

看着柏崇彦满脸不耐烦的神情，辛安只好让司机把保姆车开了过来，可反常的是，他非要自己一个人开车回去，而且不许辛安跟他一起走。

“我有点儿急事要先去别的地方，你们自己坐公交车吧！”

他把司机从保姆车上赶下来，自己坐进驾驶座，辛安和司机面面相觑，彼此在对方的目光中看到了无奈和不解。

这到底是怎么回事？

柏崇彦关上车门，黑色的保姆车缓缓地从片场驶出，发动机的声音引起了很多人的注意，片场响起了窸窸窣窣的议论声。

“那是柏崇彦的车吧？他就这么走了？”

“就算不去也该和导演说一声吧，这也太没礼貌了！”

“算了算了，少说两句，这种大牌我们惹不起的，人家助理还在呢……”

感受着周围不善的目光，辛安暗暗苦笑一声，刚准备收拾东西去搭地铁，忽然离片场不远的林间小路上传来“嘭”的一声巨响，紧接着，响声传来的方向升起一股浓烟。

“怎么回事？”

“这是发生爆炸了吗？”

人们惊恐不定地猜测着，辛安的脑子里“嗡”的一声，猛地抓住了旁边司机的手臂。

“快！快报警！爆炸的地方是柏崇彦刚刚开车驶离的方向！”

3

附近出了这么重大的事故，所有工作人员都跑出去帮忙。隔得远远的，辛安就看到柏崇彦的黑色保姆车翻倒在一旁，车子燃起了熊熊大火，同行的女化妆师顿时吓得面无人色。

"我的天啊！这么严重的事故，柏崇彦不会有事吧？"

辛安马上想起了刚才在柏崇彦手机上看到的只言片语，心里不由得"咯噔"一声。

"不会吧……高利贷也只是想要钱而已啊！没必要这么狠吧？"

不过幸好，下一秒就有一个人影艰难地从车子翻倒的沟里爬了出来，虽然满身黑泥看不清脸，但很快就有人把他认了出来。

"柏崇彦！是柏崇彦！"

"太好了，他没事！"

几个男人冲过去把柏崇彦扶了起来，看他走路一瘸一拐的，应该受了伤。

"呼……人没事就好……"辛安的心落回了肚子里。

没过多久，警察就赶了过来，经验丰富的警官们看一眼就得出了结论——这起翻车着火事故是人为的，柏崇彦的车被人动过手脚！

"保姆车后备厢里被人放了一个自制的定时炸弹，威力不大，但足以让车子着火。"一个年长的警官解释，"这个人应该很了解柏崇彦先生，知道他每次都喜欢坐前排，所以给了他跳车逃生的时间。"

辛安听得眉毛紧蹙……留时间给前排的人逃生，那坐在后面的呢？这个放炸弹的人真是有恃无恐啊，只要柏崇彦没事，其他人的生命就无所谓了吗？

因为出了恶性事故，原本的庆功宴取消，柏崇彦浑身都有擦伤，他阴沉着脸坐在一旁，让剧组的随行医生给自己包扎伤口，工作人员一个个排着队接受警察的询问。

"柏崇彦先生，您再仔细想想真的没有得罪过什么人吗？"负责记录的小警察满脸难色，“您再仔细想想，或许是您忽略了的熟人……”

“我说了没有就是没有！我可是个病人，需要好好休息！”柏崇彦涨红了脸咆哮。

年轻警员不知所措：“但您这种情况，就是有人来寻仇啊，您又不肯把手机拿出来让我们调查……”

“那是我的隐私！”柏崇彦的脸色更差了，“再说嫌疑人都要我自己想的话，要你们警察干吗？难道我现在随便指一个人，他就是凶手吗？”

说着，柏崇彦居然随手拽过旁边的司机：“那我就说是他，他每天送我回家，最清楚我的行踪。炸弹肯定是他放的！”

司机吓得面如土色，连连摆手：“真……真的不是我啊！我根本不知道后备厢被人放了炸弹！”

真是越来越离谱了！

来自受害人的第一手资料非常重要，听到柏崇彦这么说，警察果然朝司机投去了怀疑的目光，辛安赶紧拦在他前面：“不！绝对不可能是司机，他一直都很勤恳敬业的。”

“是啊，是啊！”司机老实巴交地拼命点头，“我上有老下有小，绝对不可能犯法的！”

辛安把警察小哥拉到一旁，压低了声音：“这次事故……我想，我应该知道一点儿线索。”

她把自己发现的情况说了一遍，还调出手机里柏崇彦签名的文件作为证据给警察小哥看，警察认真地记录着，不由得惊讶。

“你是说，这是一起被高利贷追债报复的事故？”

辛安摇摇头：“我知道的就这么多，其他的要靠你们去调查了。”

“这个银港借贷公司，好像在哪里听过……”警察小哥若有所思。

最后，他和辛安握了握手，提醒她若还有什么重要线索一定要告诉警方。辛安本来想说出自己对严佩云的怀疑，但想想自己并没有证据，也就没有再提起。

算了，这件事只能她先在暗地里调查。

辛安心事重重地去了一趟洗手间，刚推门出来，就被人堵在了门口，柏崇彦瞪着一双要杀人的眼睛，咬牙切齿地看着辛安。

“柏崇彦？”她警惕地问，“你找我有什么事？”

“你怎么知道我欠债的事？”柏崇彦逼近一步，“还有这些东西，你究竟是什么时候拍的？”

说着，柏崇彦把一个黑色双肩包“砰”地摔在辛安面前，背包的拉链敞开着，里面粉色的文件夹被甩了出来，他和严佩云的合照一下子散落在地。

“啊！我的背包！”

猝不及防看到这些东西，辛安的脑子“嗡”的一下，她真是太大意了，居然被柏崇彦看到了背包里的照片！

“你接近我到底有什么目的？”柏崇彦狐疑地盯着辛安，“你是我的粉丝吗？还是跟踪狂？”

辛安紧咬着嘴唇，但不等她回答，柏崇彦又抢白道：“不，不对，你肯定不仅仅是粉丝，你知道佩云，还知道我欠了赌债，你究竟是谁……”

柏崇彦自顾自地分析起来，似乎一下子就忘掉了自己前面还有个大活人，他额头上青筋暴起，眼神涣散，整个人陷入了狂暴和迷乱之中。

“柏崇彦？”辛安皱起眉头，“你还好吗？”

柏崇彦并没有回答，依然念念有词，不知道在说些什么。看着他似乎不太正常的样子，辛安屏住呼吸从地上捡起背包，蹑手蹑脚地离开了洗手间。

片场依旧一片混乱，就在辛安加快脚步想要离开的时候，恰好碰到之前同行的女化妆师，她惊喜地叫住辛安：“小安你在这儿啊！有个警察小哥在找你。”

“警察？”

“对啊！就是刚刚和你聊天的那个，说什么柏崇彦坚持要调查他身边所有亲近的人，所以警察想征得你的同意，跟你一起去家里调查。”

女化妆师朝她促狭地挤挤眼睛：“我看那个警察小哥长得也很帅嘛，这是个脱单的好机会哦！”

“哈哈……”辛安装作尴尬的样子笑了两声，等女化妆师走开以后，一颗心顿时如坠冰窟。

警察要跟她回家搜查?

她的脑海中浮现出贴满了柏崇彦海报的四面墙，还有放满整整一柜子的他的照片……她简直不敢想象，如果警察进入房间后，会受到怎样的震撼!

“不行，我不能跟他们回去，”辛安攥紧了拳头，“如果就这样回去的话，搞不好会被当成嫌疑犯抓起来了！”

4

趁没人注意到自己，辛安悄悄离开了片场，她不敢回家，在街头徘徊了一阵之后，眼看着天色渐晚，只好随便找了个小旅馆住下。

头一天晚上，辛安忘了把手机关机，刚洗完澡出来就听见刺耳的手机铃声，柏崇彦的号码在屏幕上疯狂跳动着，她吓了一跳，马上把手机关机。

“这可怎么办啊……”她长叹一声，心里满是茫然。

多亏了她在公安局里待过，知道如果本人没有许可，警察想搜查她的房间就得申请搜查令。不过这又能拖延到几时呢？再说还有一个柏崇彦在找她，辛安只觉得前方一片黑暗。

辛安坐在小旅馆潮湿冰冷的床沿，这里隔音效果极差，隔着几道门都能听到其他房间里的人走动和说话的声音，她顾不上嫌弃环境，第一次心中生出浓浓的无措……

来这个世界一个月不到呢，她真能挺到宿原溪来找自己吗？

第二天，辛安在房间里琢磨了一天，决定不能被动地坐着等人找上门，她想到了曾经被严佩云替代过的千金大小姐严苏瑾，打开手机打算搜索一下严苏瑾的联系方式。

开机的一刹那，一百多通未接来电如潮水一般涌了上来，这些电话大多都是柏崇彦打来的，还有几通化妆师和只显示了号码的来电，而更令人触目惊心的是，柏崇彦还给她发了十几条短信。

快出来！把话说清楚，你到底是谁派来的？

别以为躲起来就能跑掉，快出来！我的耐心有限！

一个小小的助理，谁给你的胆子跟踪调查我？等着，我一定会揪出你的狐狸尾巴！

他的语气十分焦虑，又发了一大堆谩骂恐吓的话。之后很明显，他失去了耐心，发过来的话越发暴力血腥。

别想躲太久，我一定会找到你的！

臭女人快出来！我不会放过你！

柏崇彦发来的最后一条短信是两个小时前，之后他不但没有发信息，也没有打电话，仿佛放弃了一般，可越是这样，辛安的心情就越忐忑。

“不行，我得离开这儿。”

她花十分钟上网搜了一遍严苏瑾的联系方式，身为卡勒集团的大小姐，她曾经的私生活十分高调，辛安没费多大工夫就在某个柏崇彦的粉丝留言里找到了她在国外念书时用过的邮箱。虽然不抱什么希望，但她还是用手机给严苏瑾发了封邮件，其中特地提到了“严佩云”的改名风波，希望严苏瑾看到之后能联系自己。

做完这一切，辛安背上双肩包就要走，正巧手机又收到了一条短信。

开门。

简简单单只有两个字，但辛安的后背马上沁出了一层冷汗，正在这时，旅馆的房门“砰砰”地被人捶响。

她猛地抬头，看着被捶得在抖动的大门。

外面的人十分暴力地敲着门，还大声恐吓威胁：“奚安，我知道你在里面！快开门！我说过你迟早要落到我手上！”

辛安左右看看，抄起旅馆里用来装饰的花瓶，右手背在背后拉开门，外面的人猝不及防一个趔趄栽了进来，来人身材瘦高，穿着一件黑色大衣，头戴墨镜围巾，浑身上下包裹得严严实实。

“你还真有胆，这么快就开门了！”柏崇彦摘下墨镜，眼睛下面全是乌青，看着她凶光毕露，“我终于找到你了！”

只不过短短两天，柏崇彦原本算得上俊朗的面容被阴沉所笼罩，下巴上长出了青青的胡楂，他朝辛安逼近几步：“你把邀请卡交出来，我

就不伤害你。”

“邀请卡？”辛安脸上的神情出现了一秒钟的空白，“什么邀请卡？”

“少装蒜！观花阁的 VIP 卡！”柏崇彦不耐烦地大吼。他从口袋里掏出一张纸，上面乱七八糟地写着“严佩云”“严苏瑾”“柏崇彦”几个人名，彼此之间还画了很多箭头，旁边还加了一些简单的注释。辛安看到这张纸脸色瞬间大变……这是她之前分析严佩云的来历时，写下的她来到这个世界的线索！

“把它还给我！”

辛安立马伸手去夺，却被柏崇彦一下子避开。

“要不是发现了这个，我恐怕还只是把你当成一个变态粉丝而已。”柏崇彦得意扬扬地说，“我都说过了，我知道了你最大的秘密！”

“你！其实根本就不是奚安，而是来自别的世界！”

辛安震惊地瞪着柏崇彦。

柏崇彦雪白的脸上一点点透出血色，他一步步逼近辛安，脸上的笑容兴奋难耐：“把卡交出来！我可没有不打女人的习惯……说实话我还杀过人呢！”

说着，他朝辛安扑过来！

辛安早有防备，她抡起手中的花瓶就是一下——

“咚！”

“啊！”

柏崇彦发出一声惨叫，直挺挺地倒在旅馆的地上，他感觉到后脑勺传来一股温热和濡湿，伸手一摸，看着满手鲜红顿时傻眼。

“血……我流血了！你这臭女人！”

他愤怒地弹起身就要去掐辛安的脖子，被她一脚踹中肚子再次跌倒，柏崇彦的后脑勺再度磕在地上，疼得他“嗷”地叫了一声。

辛安慢慢走近他，黑白分明的眼睛里喷涌着怒火：“你杀过谁？是不是严佩云？”

这下柏崇彦终于发现自己不是辛安的对手，他吓得抖了抖肩膀：“不……不是我杀的！”

顿了一秒钟，他才瞪圆了眼睛，惊恐地看着辛安：“你说谁死了？佩云？怎么可能！”

“她的确已经死了，”辛安高举着花瓶，冷冷地看着他，“自己跑上轨道，遭遇了车祸。”

柏崇彦惊恐万分：“我……我都不知道这件事！”

“那就把你知道的一切都说出来。”

第十一章

长庚星永不灭

1

“佩云的死，真的不关我的事。”

被打以后的柏崇彦老实了许多，他的头只是轻伤，辛安把浴室里的毛巾递给他捂住伤口，随后就逼着他一五一十地说出了自己和严佩云的故事。

“我和佩云在飞机上一见钟情，之后她就对我特别好，不管我要什么她都买给我。一开始我不敢相信一个千金小姐会看上我，后来才发现，她居然比我还不安，整天缠着我问，如果她不是卡勒集团的大小姐，我还会不会爱她。”

他神经质地笑了：“呵呵，我一直都很小心地讨好着她，可是后来有一次，终于被她发现了我喜欢赌钱的事。本来我还担心她会生气离开我，可没想到她居然直接给了我一张黑卡让我去还钱。因为这件事，她不惜和她爸爸闹翻，我当时真的感动极了。”

辛安冷哼一声，实在厌烦柏崇彦这副假惺惺的样子：“你到底想说什么？”

“佩云跟她爸闹翻后，搬到了我家，还把自己最大的秘密告诉了我。她说她根本就不是严苏瑾，而是来自另一个世界的女生！”

“然后呢？你就打起了她 VIP 卡的主意吗？”

柏崇彦摇摇头：“我当然不信，以为是她和家人吵架受了刺激，还安慰说要带她去看医生。她见我不信，直接把 VIP 卡借给了我。”

“什么？”辛安震惊地瞪大了眼睛，“所以说，你也是观花阁的客人！”

“没错，我把这个叫作‘穿梭旅行’。没想到我去到另一个世界居然成了一个探险家，专门替人寻找宝藏。”他回味着自己的神奇经历，“这是我小时候的梦想，真是太刺激，太过瘾了！”

“接着说下去，我要听关于严佩云的事。”辛安蹙起眉头，催促他回到正题。

柏崇彦被人打断很不高兴，但还是乖乖地说："佩云在给我这张卡的时候，距离她上一次旅行已经两个月了，因为她不是这个世界的人，所以她提醒我，我只能在另外一个世界待两周，就一定要回来把卡还给她。可后来我玩疯了，忘记了她说的话，在另一个世界多待了十天……"

说到这里，柏崇彦的脸抽搐了一下，神情变得狰狞起来："而且我在那边惹了点儿麻烦，让一个女人自杀了，观花阁认为我扰乱了那个世界的秩序，居然派出了杀手'魅影'来追杀我！"

"魅影……"

辛安倒吸了一口凉气，观花阁里那个银色面具男也提及过"魅影"，难道说他也曾派出杀手寻找过自己吗？

"我……我实在太害怕就逃了回来，再次见到佩云时我吓了一跳！短短一个月，她整个人像是老了十岁！嘴角和眼尾都有了细纹……"柏崇彦恐惧地说，"她也气疯了，第一次对我又打又骂，我这才知道原来观花阁 VIP 卡规定的三个月时限真的非常严格。超过期限一天，时光就会在你身上加速流动一年！"

"也就是说，你在另一个世界多待了十天，对于严佩云来说就是十年？"辛安接过话头，"所以你见到的她，老了十岁？"

"没错，就是这样，而且这种衰老是无法逆转的。"柏崇彦阴沉着脸说，"就算回到了原来的世界，也只会变成老了以后的自己。"

辛安惊讶得说不出话来。

原来宿原溪一直告诫她待在平行世界不能超过三个月是因为这个……

"等等……"辛安回过神来，"你一直没有讲到正题，严佩云到底是怎么死的？"

柏崇彦的眼神闪烁，吞吞吐吐地不愿意回答，她恐吓地举了举手里的花瓶，他这才不情不愿地说："是……是我害怕'魅影'，所以把自己做过的事都推到了她身上，她为了躲避杀手匆忙逃回了原本的世界……可能是因为这个……”

辛安从柏崇彦的话中敏感地捕捉到几个关键词：“严佩云是几月几日回去的？”

“几月几日……”柏崇彦一下子愣住，“我不记得了，大概是十二月吧？”

辛安看了一眼窗外皑皑的雪：“那就没错了，我的世界和这里的季节正好颠倒，严佩云出意外的那天是六月十二日，恐怕她刚刚回到原本的世界，就被‘魅影’一路追赶，最后跑上了电车轨道。”

一切真相大白，严佩云的悲惨命运，有一大半源于面前这个可恶的男人。

辛安的心情一下子跌到谷底，斜倚在墙上默默地想着心事，倒是柏崇彦见她久久没有开口，又不死心地靠了过来。

“说真的，你最好先放了我，我可以去公安局做证帮你洗脱嫌疑，说你是我的女朋友。要不然警察发现你家里贴满了我的海报，还有那些偷拍的照片……你就百口莫辩了！”

“滚开！”辛安头也不抬。

柏崇彦还在试图说服她：“真的，这样我和你都少了很多麻烦，你也知道现在有人在满世界找我，我保证以后一定会低调做人，不会把你有 VIP 卡的事说出去的！”

还没等辛安答话，门外忽然传来一声轻蔑的笑。

“是吗？可我现在已经听到了。”

2

来人的声音冷冽悦耳，像是冬天的雪，让人没来由地感觉到一丝寒意。下一秒，原本关得好好的房门就被人踹开了，七八个黑衣大汉从屋外拥入，把小小的房间挤得水泄不通，一个穿着黑色皮衣的人最后走进了屋内。

这是一个面容俊朗，五官精致的美少年，看起来也就二十来岁，但他浑身的气势十分凌厉，富有设计感的短发挑染了一缕蓝紫色，在小旅馆的白炽灯光下格外显眼。他在乱糟糟的屋子里站定，用一种打量猎物的目光上下看着辛安。

“你是什么人？”辛安警惕地站直了身体。

她身旁的柏崇彦一看到这位少年，整张脸都变得铁青：“洧川……洧川也少爷！”

辛安愣了愣，内心有种说不出的荒谬，这都什么年代了还“少爷”，他看起来和她年纪差不多，难道是总裁偶像剧深度中毒吗？

洧川也冷冷地朝柏崇彦转过脸：“你们刚刚的话我都听见了。柏崇彦，原来你手里根本就没有 VIP 卡。”

“洧川也少爷，您听我说……”

柏崇彦想要替自己辩解，可洧川也直接摆了摆手：“既然没有卡那就没有价值了，把他拉下去吧。”

“是！”

几个黑衣大汉上前，像抓小鸡一样轻松地反剪住柏崇彦的手，他杀猪一般叫了起来。

“啊！好疼，放开我！”

辛安拦在柏崇彦的身前：“你们想干什么？”

“他不是刚刚还威胁你吗？”洧川也的眼珠是钢铁般的灰色，他不解地盯着辛安，“你为什么还要阻拦我们带走他？”

“他犯的错需要法律来制裁，你们身份可疑，我不能贸然把嫌犯交给你！”

洧川也皱了皱眉头：“嫌犯？你是警察？”

他的话像是按下了什么开关，房间里其他黑衣男顿时严阵以待，有的伸手摸向腰间，看样子随时想拔出武器，洧川也抬起手制止了其他人的动作。

“是柏崇彦自己告诉我他手上有观花阁的VIP卡，我才借了他那么多钱，现在他骗了我，欠我钱还不掉又拿不出卡来，我带走他不是天经地义？”他纤长浓密的睫毛微微翕动，“倒是你，自身难保还操心别人。”

洧川也迈开修长的双腿朝辛安走来，她紧张地攥住手里的花瓶：“你……你想干吗？”

“乖乖把观花阁的VIP卡交出来。”他在辛安面前站定，“我要的只有这个，要多少钱你开口就行。”

辛安的脑子像生了锈一样……原来这个少年就是柏崇彦的债主！而且他的目标根本不是钱，而是观花阁的邀请卡！

“这张卡对我来说很重要！”洧川也又补充了一句，说完就直勾勾地盯着她的脸。

虽然洧川也依旧面无表情，但辛安还是从他的眼睛里看到了一丝焦灼和希冀。

现在怎么办？拖延时间有用吗？

“不是我不愿意把卡给你，只是你拿到它也没有用了……”辛安艰难地咽了口唾沫，哪怕她没有从洧川也身上感觉到敌意，也不知道该怎么解释这张卡额度用完，已经失效。

毕竟还有这么多凶神恶煞的彪形大汉盯着她呢！

“洧川也少爷，别跟她废话了！”柏崇彦突然大喊起来，他的眼珠子不怀好意地转个不停，“我没有骗您，我本来是有邀请卡的，不过被这个女人抢走了，您应该抓她才对啊！”

"柏崇彦，你在说什么？"辛安震惊地回过头。

"我没有说谎，这丫头是我的助理，本来就很容易接近我，所以才从我家偷走了那张卡，"柏崇彦一边努力挣扎着一边狡辩，"搜搜她的身就知道了！"

"你这个骗子，无耻卑鄙！"

世界上怎么会有这么卑鄙的人！真是金玉其外，败絮其中！

洧川也意外地瞥了辛安一眼，他正迟疑着，辛安气得马上大声说："别碰我！我自己来。"她狠狠地瞪了柏崇彦一眼，干脆利落地从口袋里摸出一张卡扔到床上。

"这张卡的额度好像已经用完了？"洧川也拿起卡片细细看了一番，脸上掠过一丝茫然，柏崇彦惊恐地脱口而出："怎么会？不可能！"

"有什么不可能，"辛安痛痛快快地承认，"我也是为了逃避'魅影'的追杀才不小心来到这里的。卡的次数已经用完了，所以我才说这张卡对你们其实一点儿用也没有。"

拿不准宿原溪到底会不会来救自己，辛安干脆也豁出去了，嘲讽地说："现在谁在说谎，看一看不就知道了吗？"

柏崇彦心虚地移开了眼睛。

眼前的两个人都无法达成自己的心愿，洧川也周身的气温仿佛降了十几摄氏度，比起柏崇彦浑身抖得像筛子似的胆小模样，辛安却是一脸大无畏。

"少爷，现在怎么办？"

身后一个黑衣男人问，洧川也还没开口，窗外就响起了"呜呜"的警笛声。

"糟糕，有警察！"

这下子，洧川也不再犹豫："先把两个一起带走。"

说着，他瞥了一下辛安愤慨的洁白小脸："关起来。"

3

“咣当！”

辛安和柏崇彦的随身物品都被收走，眼睛也被蒙了起来，一路上都有人押送，随着一声钝响，两个人被重重地推进了一个房间，脸上的眼罩这才得以摘下。

重见光明的第一秒，辛安就开始暗暗打量周围的环境。这是一个巨大的空旷房间，布满了灰尘，整个房间只有一扇小小的窗户，就算以小孩子的体型都无法钻出去。

“老实点儿！少爷现在没空料理你们。”

洧川也已不见踪影，抓他们过来的黑衣大汉威胁了一声，重新锁上大铁门离开了，柏崇彦扑到门上“哐哐”地捶打着，拼命呼喊。

“喂喂！放了我吧！洧川也少爷，我真的不是故意骗您的！

“我再也不敢了，再给我一次机会吧！

“至少给我请个医生吧！我头上的伤口好疼啊！”

辛安冷冷地看着柏崇彦一会儿发毒誓称会努力赚钱还债，一会儿涕泪交加后悔不该说谎，原本还算俊朗的脸上又是黑灰又是鼻涕眼泪。她厌烦到了极点，万分替严佩云感到不值。严佩云赔上自己的命，就喜欢上了这么一个欺软怕硬、谎话连篇的软脚虾？

一个值得喜欢的男生应该是什么样的呢？

辛安的脑海里浮出一个熟悉的身影，痞痞的脸上挂着淡淡笑意，像是嘲讽又像是颓丧，嘴上总是说着不靠谱的话，但在关键时刻却比任何人都要诚恳认真。

“安静点儿，他们人都走了，你喊也没人听见的。”

发现自己在思念宿原溪，辛安不自在地踹了铁门一脚。不经意间，她的目光扫过头顶上那扇小小的窗户，窗外种了一棵大树，郁郁葱葱的树冠中间卡了一个长着翅膀的银灰色小东西。

那是什么？辛安不由得一愣。

柏崇彦瞬间闭上了嘴巴，他知道自己打不过她，所以不敢惹怒这位女煞星。

辛安若有所思地走到窗户对面的墙角，坐了下来，不再开口说话。

偌大一个房间空空荡荡的，两个人干坐着，从白天坐到夜幕降临也没有人再过来，冰蓝色的暮色渐渐侵入空气中，将看不见摸不着的恐怖气氛也带到了两个人身边。

终于，柏崇彦忍不了这死一般的寂静，开口打破了沉默："那个……你就不害怕吗？"

辛安冷冷地看着他，根本不想和他搭话。

"你……你应该比我更害怕才对啊！你的卡都已经失效了，"他满脸惊惧，"就算从这里逃出去，你也逃不过变老的命运！"

"闭嘴。"

"你一定是不知道有多可怕！佩云老了十岁后简直变成了另一个人，又丑又疯！"

"吵死了，我才不害怕。"辛安打断了他的话。

看到她眼中的不耐烦，柏崇彦不敢再吭声，背对着墙睡下了。

害怕吗？

她抬起头看向那一方小小的窗户，月亮悄悄地爬上了树梢，向自己灰暗的世界里投下了柔和皎洁的光。辛安摊开掌心，像掬水一样掬起了一捧光芒。

奇迹般的一幕出现了！

那淡淡的柔光投射到手心，渐渐汇聚成了一个个汉字。

我已找到你，这里守卫森严，等我想办法，不要冲动。

字闪烁了两下，很快消散不见，辛安抬起头，窗外那个长着翅膀的小家伙无声地飞了起来，围着树冠绕了一个圈，似乎在提醒着她——"我来了"。

她的心中仿佛被什么狠狠地撞了一下，涩涩的疼，但更多的是甜蜜和温暖。

害怕吗？

曾经有过。

但是，自己的心底始终保留着一份期待。

他答应过自己一定会来的。

宿原溪，在这个不知道可以依靠谁的世界里，我只能相信你一个人。

一夜无眠。

在又冷又破的房间里待了一晚，柏崇彦的精神已经濒临崩溃，早晨五点多就开始冲到门口又哭又闹，希望能引起外面的注意。

“你消停点儿吧，脑子还想不想好了。”辛安打了个哈欠，无奈地从地上坐起来。

柏崇彦猛地转过头，声音直发抖：“姐，你说他们是不是打算就这样把我们扔下，在这里饿死冻死啊！”

“谁是你姐！”辛安的青筋暴起，跳起来就要打他。

“嘎吱——”

正在这时，铁门被人打开了，昨天的那几个彪形大汉一拥而入。

“你们想干什么？”

刚才还大吵大嚷的柏崇彦一秒变窝囊，高大的身体蜷缩在辛安身后，没想到黑衣大汉一改昨天的冷漠嚣张，毕恭毕敬地朝辛安鞠了个躬：“这位小姐，我们少爷有请。”

“唉？”辛安意外地眨眨眼睛。

“请跟我们走一趟吧。”

就算态度有了一百八十度的大转变，黑衣大汉也没打算给辛安拒绝的机会，推着她就往外走。辛安转头瞥了一眼窗外，那个银灰色的小家伙还趴在那儿，一动不动。

4

辛安跟着黑衣大汉走出房间，往右转了个弯就走上了楼梯，原来他们被关进的并不是什么仓库，而是一幢豪华别墅的地下室。别墅大厅光线昏暗，地上铺着厚厚的暗色十字星花纹地毯，穹顶装点着彩色的玻璃，窗户的形状是哥特风格的尖顶，透过其中一扇窗户，辛安能看到外面绿茵茵的草坪。

“我警告你不要想着逃跑，我们这可是离市区很远的郊外，就算你有本事逃出别墅，我们也能很快抓你回来。”

黑衣大汉威胁着，辛安淡淡地瞥了他一眼，没有吭声。

大厅里早就摆好了一张黑胡桃木的长餐桌，桌上准备了各种美味的食物——金黄色的凤梨奶油龙虾球、清爽的冰草朗姆酒冰淇淋、波尔多红酒烤鹅肝……

她看着满桌的美味佳肴，心脏忽然加快了一拍，等等，这好像是个机会……

洧川也换了一件烟灰色大衣，站在大厅的黑胡桃长桌一端，他替刚到场的辛安拉开椅子。

“奚安小姐，请坐，昨天贸然把你请过来我觉得非常抱歉，所以今天让厨师准备了早餐来赔礼。”他生硬地道了个歉，目光如星，紧紧盯着她，“或者说，我要叫你辛安？”

辛安定了定神：“我的背包都在你们手上，要叫什么随便你。”

和柏崇彦一起关了一晚上，她已经弄清洧川也的身份。洧川也是仙后市最大的贸易进出口公司“银港”董事长的儿子，从出生起就含着金汤匙，享受着最尊贵的待遇，在仙后市地位超然。

但最近有奇怪的传言，说他并不是会长亲生的，这流言来得突然，并且传得沸沸扬扬。

“那么，你应该知道我的身世了。”

辛安警惕地看着洧川也，他俊朗的脸上浮起一抹尴尬，接着说了下去：“没错……就连我自己都没想到，这个传言居然是真的。昨天晚上我拿到了 DNA 检验报告，我并不是父亲的亲生儿子。”

“节哀。”

辛安不知道说什么好，突然无厘头地冒出一句，惹得旁边的黑衣大汉拼命瞪她。

洧川也被她噎了一下，只好装作没听见：“辛安小姐，虽然我以前从没有见过你，但据我的直觉，你比柏崇彦那小子要可靠得多，总之我现在真的很需要邀请卡，一张就好！”

辛安诧异地打量着洧川也。他的态度变化也太快了，他那么急切想要拿到观花阁的邀请卡，难道是和 DNA 鉴定结果有关？

“但你找我也没用啊，我现在自身都难保。”

侍立在一旁的黑衣大汉上前一步：“喂！你怎么跟我们少爷说话的？”

“银翼！”洧川也提高声音，黑衣大汉悻悻地退了回去。

“而且你不是要请我吃早饭的吗？”辛安满不在乎地说，“昨天一天没吃饭，我肚子还饿着呢。”

说着她拿起刀叉，狡黠地一笑：“不过我吃饭的时候，不喜欢说话。”

果然，辛安说到做到，只顾着埋头苦吃全程不发一言。洧川也算是个冰山美少年，都被她逼得话痨了很多，但他却没从她的嘴里得到任何自己想要的信息。

半个小时后……

看着保持每分钟消灭一大盘食物的速度，暴风进食的辛安，黑衣大汉惊讶地拉了拉洧川也的袖子：“少爷，这女人可真能吃。”

“嘘。”洧川也半撑着优美的下巴看辛安吃饭，她的腮帮子鼓鼓的，可爱地咀嚼个不停，他的心底忽然升起一种自己养了只仓鼠的满足感。

“对于正在用餐的淑女，不要说这么失礼的话。”

“可是她要是吃完了还是什么都不说怎么办？”

“那就等着。”

一个小时后。

辛安进食的速度一点儿都没减，吃得更欢了。

黑衣大汉惊得嘴巴都合不上了：“少爷，这女人是怪物变的吧。”

“呃……随她去吧，”洧川也从未见过同龄女生有谁这么能吃，他强迫自己的注意力从辛安身上移开，“关于我不是亲生的流言，一定不能让父亲知道。”

“明白，少爷，可我们要等她到什么时候？”

“等到她不想吃了为止。”

一个半小时后。

十来米的黑胡桃木长桌上，所有的瓷盘里的食物都被消灭得一干二净，辛安拿起餐巾，慢条斯理地擦了擦嘴巴。

“我吃饱了，多谢，现在送我回地下室吧。”

“你这个人怎么回事？”黑衣大汉按捺不住想要过去教训她，被洧川也拦住，他困惑地皱了皱乌黑的眉毛：“你对我抱有很大的敌意，为什么？”

辛安诧异地看着他：“突然被一群不认识的人关起来，害怕不是很正常的吗？而且你觉得这么对待一个女生，是很光彩的事吗？我可不觉得请吃顿饭就是道歉，真正的道歉应该是让我离开这里，立刻，马上！”

洧川也白皙如玉的脸一下子涨红了，黑衣大汉气愤地开口：“少爷，不要和她废话了，让我来，今天一定能让她开口！”

“不要失礼！”

他站起身来，深深地看了辛安一眼：“你说得对，这样对待一位无辜的女性是我不对，但是很抱歉，在得到我想要的东西之前，我没有办法让你离开。”

辛安耸耸肩，自顾自地离开了餐厅。

洧川也注视着她单薄纤细的背影，忽然大声说："你不是在坐牢，辛安，你之后都不会住在地下室里了。我在楼上为你准备了客房。"

看辛安脚下的步伐连一丝停顿都没有，他挫败地蹙起了眉头。

他从来没有和同龄女生打过交道，现在的女孩子，都这么难对付吗？

算了，以后还有很多时间慢慢解开误会，现在的他太忙了。

5

然而，洧川也并没有等来解开误会的那一刻，因为当天晚上，负责照顾辛安生活起居的女仆就跌跌撞撞地跑进了他的书房。

“少爷！少爷不好了，今天住进来的那位小姐捂着肚子在满地打滚，浑身冷汗！她……她好像生了很重的病！”

“什么？”洧川也一下子站了起来。

黑衣大汉愤怒地攥紧拳头：“这个女人又在玩什么花招？少爷，她一定是装的！”

“去看看！快叫家庭医生！”

女仆并没有夸张，等洧川也带着黑衣大汉来到辛安房间时，她已经疼得脸色惨白，站都站不起来了。她白天吃的那些东西全都吐了出来，满地狼藉，但是洧川也顾不上嫌弃，连忙催促医生检查。

“少爷，是胃穿孔，伴随有很严重的出血！”家庭医生摘下听诊器，面色焦灼，“需要马上手术，可别墅里没有完善的设备，只能送医院了！”

辛安濒临昏迷，整个人疼得在抽搐，听到医生的话后，她虚弱乌青的嘴角扯出了一丝隐秘的微笑。

“少爷！不能送医院，万一她逃跑了怎么办？”

黑衣大汉第一个反对，医生怒视着他：“病人都这样了怎么跑？她手术完之后，至少要在病床上躺一个礼拜！”

“你懂个——”

“好了，别说了！”洧川也厉声打断两个人的争执，灰色双眸紧盯着倒在地上的辛安，“送医院。”

“少爷！”

“这是我的命令。”

“是。”

太好了。

辛安这下彻底放下心来，堵在胸口的大石头终于落了地，她放心地昏了过去。

当天下午，一架银黑色直升机悄悄地降落在仙后市的市立中心医院的顶层，说是“悄悄”，闹出的动静却并不小，毕竟能出动直升机救人的人非富即贵，不是普通人能揣测的。但是在千万个版本的猜测中，谁也没想到，被数十名医护人员严阵以待抬出的，居然会是一个名不见经传的普通少女。

手术很成功，胃出血止住了，辛安也被转入了特护病房休息，只留下主治医生在给洧川也说明情况。

“病人的情况还不错，不过我们实施了全身麻醉，可能需要明天早上才能醒来。另外有个情况要说明一下，这位小姐之前就有慢性胃炎，本来在饮食方面要特别注意，这次的大出血完全是因为暴饮暴食引起的……”

朦胧中，辛安迷迷糊糊地做了一个梦，梦里，冰山美少年洧川也满脸紧张地摇晃着自己，还叫自己“撑住”。耀眼的无影灯下，自己被许多穿着白大褂的医生包围，他们的声音模模糊糊，似远似近……根本听不清楚。

这个梦好长好长……长到她觉得自己飘了起来，浮在病床上空，看到一个戴着黑色鸭舌帽的高大人影从病房外潜入进来，如一道魅影般立在病床前。

是谁?

她想大喊出声，但发现自己无法动弹。

紧接着，一只温暖的手轻轻抚上她的脸，带着令人心安的熟悉味道。

一个熟悉的男声低声喟叹：“都说了要你别冲动，看看你，把自己搞成了什么样子……”

一瞬间，辛安忽然有了流泪的冲动。

“我来了。”

一双强有力的臂膀，将她拥进怀中。

作为“银港”的大少爷，洧川也最近忙得焦头烂额，但在处理完一天的工作后，鬼使神差一般，他还是来到了医院，想看一看辛安再走。

他从私家车上走下来，不经意地抬起头，脸色霎时大变——

辛安所在病房的窗口，猛地闪出一道耀眼的金色光芒！

“这是……”

他再也顾不上身后的黑衣大汉和保镖、司机，朝发出光芒的病房狂奔而去！

“快！快跟上！”

一分钟后。

“果然……”

洧川也看着空荡荡的床位，愣在了原地，被子和床单还保持着被人躺过的模样，黑衣大汉冲上前摸了摸被单。

“少爷，还是温热的！一分钟前她还在这！这个女人是不是跳窗逃跑了？”他暴躁地低咒一声，“医生到底是干什么吃的，不是说明天才会醒吗？我们现在还可以追——”

“不，你追不上的。”他轻声打断了黑衣大汉的话，“她走了，被某人带走了。”

洧川也冷静下来，精致俊秀的脸上浮现出一种异样的光辉，他缓缓踱了几步，推开窗。

云破月出，万里清辉洒向无边无际的大地。

果然，世界上真的有观花阁这么神奇的地方。

尾声

“小安！”

这天是中东波斯文物国际巡回展，在彗星市博物馆门口，早早就有许多人在等待，一个穿着法式条纹衫的高挑女生跑过来，亲昵地拍了拍站在街边的好友的肩膀：“看我的新发型，好不好看？”

她在原地转了个圈，金色的阳光落在发梢，俏皮又活泼。

“哇！好漂亮，这是鸦青色吗？”

“对呀，我为了去参加星萌Ⅱ的选拔特地做的造型。”高挑女生冲好友眨了眨眼睛，挽起好友的手臂，“好啦，我们走吧。”

她的好友是一位身材娇小玲珑的女生，女生穿着一件淡蓝色的牛仔裙，头发束成了高高的马尾辫，看起来清爽可爱。

没错，这两位少女就是齐佳嘉和辛安。

两个人入馆后，一边参观着琳琅满目的奇珍异宝，一边聊着八卦。齐佳嘉好奇地撞撞辛安的肩膀：“对了，上次你不是跟我说过，最近遇见了一个对你来说很重要的男生吗？”

她促狭地挤挤眼睛：“你们最近进展怎么样了？”

“什么进展呀……”辛安的心情一下子低落了下去，“他一直躲着我……”说着，她的脑海中又浮现出宿原溪那张痞帅痞帅的脸。

在上一个世界，辛安为了从洧川也的控制中逃离出来，故意暴饮暴食吃出毛病被送进医院，她醒来以后发现自己已经回到了原本所属的世界，正躺在自己房间里的床上。

要不是枕头旁边还放了一张“卡已收走，不要再来找我”的字条，恐怕她都要怀疑上一个世界的经历都是梦了。

“那怎么行呢！”齐佳嘉不满地嘟起了嘴，“我们小安这么可爱，居然还会有男生躲你！”

辛安的脸一热：“说什么呢你！”

回到原本的世界，辛安好不容易过上了平凡的日子，先前要派“魅影”追杀她的银色面具男再也没了动静。她心惊胆战了几天，发现面具男好像是真的放过她了。经历了这么多劫难，她觉得自己如果还为了星萌Ⅱ和齐佳嘉发生争执，就太幼稚了。于是她拉下面子去找了齐佳嘉几次后，两姐妹又和好如初了。

唯一美中不足的，是宿原溪留下那张字条后开始躲着辛安。辛安发信息、打电话他统统无视，而她在失去 VIP 卡后，就连观花阁的大门都进不去了！

“算了，”辛安叹了口气，“这都过去一个月了，该放弃了。”

宿原溪根本不想见她，她在这边一头热算什么呢？

“唉，不要说这些丧气的事情了，”齐佳嘉从包包里拿出一个信封，“我有一件超级大好事要告诉你！”

“这是……”辛安一脸怀疑地拆开信封，“录取通知书”五个喜庆的红色大字映入她的眼帘。

“开不开心？”齐佳嘉笑容灿烂地看着好友，“我爸拿出这个，让我给你时，我也震惊了好久呢！小安同学，恭喜你！你的锲而不舍终于得到了回报，警校决定破格录取你啦！”

“我……我是警校生了？”辛安震惊地瞪大眼睛，感觉自己如坠梦中。

“是的！你以后可以当警察啦！”

“我可以当警察啦！”

“万岁！我们今晚去庆祝！”

两个女生笑着闹着，手拉着手走出博物馆的大门，与此同时，一个俊美的青年牵着一个玉雪可爱的小正太迎面而过，小正太一双黑葡萄似的大眼睛中满是好奇与信赖。擦肩时，辛安的余光扫到青年的高大身影，脑子里“嗡”的一声，顿时一片空白。

“宿原溪……”

——本季完——

天秤独白·那一抹纯粹的光

推开彗星市公安局城区分局的玻璃门，宿原溪差点儿没被头顶白花花的阳光晒晕，他赶紧走到门外的休息区旁的宣传广告栏后面，想要避开阳光。

身为天秤男，宿原溪最讨厌的就是被抓到公安局来接受问讯……哪怕最后每次都是毫发无损地出来，但铐着手铐的样子终归是不优雅的嘛！

“你怎么跟那个宿原溪凑到了一起？”

一阵微风轻轻吹来，拂过他的面容，也送来了一个好奇的女声，宿原溪从这句话中敏感地捕捉到自己的名字。

他从宣传牌的缝隙中看过去，两个少女青春的面容映入眼帘。

宿原溪顿时笑了，那位圆脸矮个子的女生，不就是追了他十条街，非要把他逮回公安局的小女生吗？

“吓到了吧？以后别脑子一热就往前冲，万一你惹的是有很多前科的罪犯，凶狠起来对你动手怎么办？”

“我知道啦！以后不会了……”

宿原溪双手抱胸，优哉游哉地靠在宣传栏上，一边听两个小女生议论自己，一边抬头看外面碧蓝的天空，听到高个子女生绘声绘色地说他是什么“卖三无手机”的，他的额头上暴起两根青筋。

这明明是川哥最新的研究成果好不好……

宿原溪眯了眯眼睛，再次看向追捕自己的矮个子女孩，阳光照射在她的黑发上，她笑容灿烂的脸庞仿佛在发光。

第一次见到她，是在天桥旁的地铁站。

每天他在天桥下变魔术时，都会在早上看到一个中年盲人拄着导盲杖戳来戳去，试图赶上清晨的地铁，可是每次他上台阶，开电梯门都会异常艰难。人来人往，大家都只是匆匆经过，对这位困窘的中年男人视若无睹，任凭他独自折腾半个小时，才把无障碍电梯的门打开。

当然，宿原溪也不会施以援手，这样的事他见得太多了，人类不就

是这样的一种生物吗？只有在牵扯到自己的时候才会觉得不公。

然而那一天——

盲人照例摸索着来到地铁站门口，一个斜挎着包包的矮个子少女路过，她本来已经走出十几米，却又停了下来。

那是一个下雨天，天桥下并没有很多人捧场，宿原溪也停止了表演，一边休息着一边看少女倒回来，牵起盲人的手，领着他走到无障碍电梯前，把这位大叔送了进去。

“谢谢你！谢谢啊！”

一直到电梯门关上，盲人大叔都在感激地道谢，而少女从头到尾都没有吭声。

看到这一幕的宿原溪嗤笑一声，冷漠地转过脸去。

没想到的是，第二天少女又来了，她提前了十几分钟就站在电梯门口等，等到大叔来的时候又不发一言地将他领进电梯。

第三天如此。

第四天如此。

到了第五天，宿原溪看到少女时已不再惊讶，不过这次她并没有亲自去扶盲人大叔，而是走向了一个也在等着搭乘电梯的小学生。

她不知道向小学生说了什么，他点点头，走到大叔跟前将他领进了电梯。

“谢谢啊！谢谢你！”大叔感激地道谢，并不知道今天帮助自己的已经换了一个人。

第六天，少女找到了一个上班族，请他帮忙将大叔领进去。

第七天，她的目标换成了在地铁站附近摆摊的阿姨。

渐渐地，宿原溪发现自己的心情从不屑，到默默地关注着少女和盲人大叔，并且忍不住暗暗期待，她什么时候会找自己帮忙呢？

可大概是因为他在天桥的另一边，少女从来没有注意过他。

第二十天，少女没有出现。

当初帮助过大叔的小学生、上班族、摆摊阿姨……都不自觉地伸出了援手，如往常一样将盲人大叔送进了电梯。

当有一天盲人大叔拄着拐杖，第一次想要横过天桥时，宿原溪想也不想地跑过去扶住他的手："大叔，我送您过去吧？"

"谢谢啊！你真是好人！"

听到大叔嗓门嘹亮地道谢，宿原溪愣住了，脑海中浮现出少女娇小单薄的背影，心里说不出什么滋味。

他什么时候，居然也做出了这种不符合自己性格的事？

盛夏时节，光是站着不动就已是一身汗，要不是整天待在观花阁里让他感到压抑窒息，他也不会去天桥底下表演魔术。虽然那里的大爷大妈非常聒噪，也喜欢八卦家长里短，可只有在那种地方，他才能感受到一丝丝人间的烟火气息。

可当听到大叔道谢的这一刻，一种久违的，同样身为普通人的骄傲涌上了他的心头。

春去秋来，寒来暑往。他偶尔见到少女从天桥下走过，不过她很少再在早晨路过这里，不知道是笃定盲人大叔会得到大家的照顾，还是已经从脑海中抹去了这一段记忆。

"看来我们还挺有缘的。"

少女一言不合就追着他进了公安局，原本他最讨厌这样正直得过分，又不分好歹的人，可现在……

世界上怎么会有这样的人呢？就像纯粹的光，没有一丝丝黑暗，哪怕知道像自己这样的人并没有资格，也还是忍不住想要靠近她，没事就想逗逗她。

对了，他之前在接受询问时，好像听到了她的名字。

"辛安，再也不见。"

他回头留恋地看了一眼少女脸上阳光般的笑容，走进了外面车水马龙的街道。